Mein Weihnachtsgeschenk 1998
von Ute Ramm

1891

e
s

Dunkle Stunden, Augenblicke der Verzagtheit gibt es in jedem Leben. In Zeiten wirtschaftlicher Not, wie Conrad, ein junger Student, sie erlebt, mögen sie besonders bedrückend sein. Und doch gibt es für jeden Menschen einen Weg aus dem Dunkel, ein Licht, das ihn führt. Für Conrad ist es Friederike, die Liebe zu ihr, die ihm neuen Mut schenkt. Und daß dies gerade in der Vorweihnachtszeit geschieht, verzaubert auf ganz besondere Weise ihr Zueinanderfinden.

Aber lassen wir die Autorin selber zu Wort kommen:

Es wurde Wahrheit, ein Weihnachtswunder, wahrhaftig... Die Weihnachtskirche mit dem goldenen Schein der Kerzen, der kleine strohgedeckte Stall, das Singen der Kinder mischten sich in ihrem Herzen zu einem unvergeßlichen Ereignis. Es sollte ihr gehören, ihr und natürlich Conrad. »Er hilft, wie er geholfen«, ging es ihr durch den Sinn. Sie wußte nicht, aus welchem Kirchenlied diese Zeile stammte, sie saß nur da, war dankbar und sagte kein Wort.

Advent – im Warten und Sich-Freuen auf die Ankunft des Herrn liegt der Sinn dieser Zeit.

Wie aufregend und schön man das Warten – auch auf eine gemeinsame Zukunft – gestalten kann, wird am Beispiel von Friederike und Conrad offenbar.

Lise Gast

Kleines Licht im Dunkeln

Erzählung

Eugen Salzer-Verlag Heilbronn

SALZERS KLEINE REIHE
BAND 263/264

Zweite Auflage 1989

Einbandgestaltung: Karlheinz Groß BDG
Satz und Druck: Offizin Chr. Scheufele, Stuttgart
Printed in Germany · ISBN 3 7936 0586 8

»Großmama? Ach je, ich störe wohl?«

Die alte Dame mit dem mageren, braunen, faltendurchzogenen Gesicht unter eisengrauem Haar blickte auf und lachte.

»Du störst enorm, Nina.«

Der Tisch vor ihr war übersät mit unzähligen Papieren und Zetteln aller Größen.

Durch das stürmische Aufreißen der Tür war ein Luftzug entstanden, der einige Papiere emporflattern ließ. Die alte Dame hielt sie mit gespreizten Fingern an ihrem Platz fest.

»Mach die Tür zu, ich bitte dich, schnell! Danke. Nein, du störst nicht. Du hast mich im Gegenteil erlöst. Etwas Besseres hätte mir im Moment nicht passieren können. Jetzt habe ich einen Grund aufzuhören.«

»Du bist ...«

»An der Steuererklärung von Onkel Hans. Das Unangenehmste, was ich mir vorstellen kann. Und damit Schluß. Wie schön, daß du da bist, Kind!«

»O Großmama, willst du wirklich ...«

»Jawohl. Hier alles stehen und liegen lassen, mit dir nach nebenan gehen, uns einen Kaffee kochen und gemütlich sein. Du weißt, ich hasse Zahlen. Draußen scheint es auch nicht gerade angenehm zu sein. Du bist naß wie eine Wassermaus.« Sie strich der Enkelin übers Gesicht. »Es regnet nicht nur, halb

Schnee, halb Regen. Richtiges Novemberwetter, gut, daß du da bist!«

Das Stübchen nebenan war klein und mollig warm, eigentlich nur ein Eckchen – zwei Sessel mit einem winzigen Tisch davor, auf den die alte Dame Tassen und ein Stövchen stellte. Wie Nina diese Bewegung kannte und liebte! Und in der Zeitspanne von Null-Kommanichts stand eine weißblau gemusterte Kaffeekanne darauf, duftete es herrlich nach Kaffee und saßen die beiden Frauen, die alte und die junge, einander gegenüber, beide mit einem genußvollen »Ah!« die Tassen abstellend, aus denen sie den ersten Schluck getrunken hatten.
»Wundervoll, Großmutter«, sagte Nina und lehnte sich zurück, »aber denke nicht, daß ich dir deine kostbare Zeit stehlen will. Ich bleibe wirklich nur...«
»›Nur ein Viertelstündchen‹, stand früher auf Sofakissen gestickt«, lachte die alte Dame, »dann werfe ich dich wieder hinaus, denn ich muß tatsächlich heute noch weiterkommen. Jetzt aber habe ich Zeit für dich. Was gibt's, Nina? Du siehst aus wie eine Katze, die Sahne geleckt hat und sich dafür entschuldigen will.«
»Hast du das bei einer Katze schon mal erlebt?« fragte Nina. Sie wollte damit ihre Betroffenheit verdecken, denn so ähnlich war ihr tatsächlich zumute. Die Großmutter lachte wieder.
»Oft. Und bei Menschen noch öfter. Wo fehlt's, Ninakind? Kann ich helfen?«

»Vielleicht kannst du wirklich«, sagte Nina heftig. Sie beugte sich vor und sah die Großmutter fordernd an. »Ich brauche jemanden, der zuhört. Mutter ist so beschäftigt, seit sie wieder unterrichtet. ›Ja ja, später‹, heißt es, wenn ich mit ihr reden will, ›ich habe so vielerlei im Kopf‹, und das hat sie auch wirklich, ich weiß es. Trotzdem –«

»Und Vater?«

»Ich sehe ihn kaum. Er kommt mittags nicht nach Hause und abends meist so spät, daß ich ihn gar nicht mehr sehe, und dann ist er todmüde, wie du dir vorstellen kannst, und nicht mehr ansprechbar. Auch nicht, wenn es sich um etwas Wichtiges handelt. Da wird man abgespeist mit ›zu unserer Zeit war das anders‹ und ›ihr habt ja keine Ahnung, wie das Leben eigentlich ist. Wir schuften für euch, und der Dank –‹ stundenlang könnte ich weiterzitieren. Natürlich war früher alles anders, aber das nützt uns doch nichts und hilft uns nicht weiter. Wir ...«

»Wer ist denn ›Wir‹?« fragte die Großmutter.

»Volker und ich. Wir wollen zusammenziehen, doch meine Eltern sind dagegen.« Die Worte kamen heraus, wie aus einem Katapult geschleudert. Die Großmutter verbarg ein Lächeln. Sie dachte daran, wie Nina vor zehn Jahren beim Indianerspielen alle Buben in den Schatten stellte.

»Weißt du, wie du das jetzt gesagt hast? So, wie ein anderer vielleicht: ›Morgen springe ich mit dem Fallschirm ab, ihr werdet es erleben! Oder: Ab heute bin ich euer Kind nicht mehr!‹ Wo bleibt die bräutliche Seligkeit, von der immer gesungen und gesagt wird?«

»Ach, Großmama!« Nina mußte lachen. Und dann sprang sie auf und nahm die alte Dame stürmisch in die Arme, küßte sie, daß es ihr fast den Atem verschlug, und schluchzte dabei, während sie lachte und stammelte: »Die ist schon da, klar, man trägt sie nur nicht mehr nach außen, meine ich. Ach Großmutter, ich bin ja so unglücklich –«, und dabei sah sie aus wie ein Maienmorgen, an dem es zwar geregnet hat, der aber sonst strahlt und blüht.

»Na, dann bin ich ja beruhigt.« Die Großmutter steichelte die jungen Wangen. »Und warum sind die Eltern dagegen?«

»Weil wir noch nicht fertig sind. Volker mit dem Studium, ich mit der PH. Aber ich sehe nicht ein, daß wir noch anderthalb Jahre warten sollen. Das Leben ist kurz und schnell vorüber! Anderthalb Jahre, achtzehn Monate! So lange! Unsere schönsten Jahre! Ist das nicht Verschwendung? Das ist doch nicht zumutbar, Großmutter! Nur weil... Dabei ist es doch viel praktischer, man zieht zusammen, dadurch spart man Miete und wohnt billiger, und...«

»Und die Mark ist nur noch fünfzig Pfennige wert, weil sie geteilt wird«, lachte die Großmutter. »Kennst du die Geschichte von der Milchmädchenrechnung? Natürlich kennst du sie. Und ich soll dir raten? Was denn?«

»Ob wir nicht doch...«

»Nina, Kind, da gibt es nichts zu raten. Ihr seid großjährig, ihr müßt selbst entscheiden. Eure Eltern werden euch deswegen nicht hinauswerfen. Sie haben sich ein halbes Leben lang bemüht, euch aus dem Chaos, das damals herrschte, wieder ein vernünftiges Leben zusammenzubauen, und das haben sie auch erreicht. Dadurch konnten sie wenig Zeit für euch aufbringen, ich gebe das zu. Warum aber versuchst du nicht, sie zu verstehen? Sprich mit ihnen, zu mir kommst du ja auch.«

»Wann denn?« Nina sah die alte Dame um Verständnis bittend an. »Wann denn bitte? Ich hab' es ja versucht. Glaube nicht, daß ich es nicht versucht habe. Man braucht ja manchmal eine Antwort auf die vielen Fragen, die an einen herantreten. Und weißt du, was die stereotype Antwort ist? ›Kind, du siehst doch, daß ich keine Zeit habe. Ich muß fort, Nina, kannst du nicht zu einem geeigneteren Zeitpunkt kommen?‹ Wann aber ist der? Solange die Eltern sagen: ›Andermal, wir mußten auch warten‹, solange kommt man nicht durch. Du hast doch auch zu tun, Großmutter«, sagte Nina heftig, »drüben liegt die Steuererklärung, und so dumm, daß wir nicht wissen, dies ist etwas Wichtiges, sind wir nicht. Aber du läßt sie liegen und sagst: ›Komm, Nina, ich nehme mir einfach die Zeit für dich.‹ Das haben meine Eltern nie getan, nie.«

»Dann haben sie es falsch gemacht, Kind«, sagte die Großmutter leise, aber fest. »Auch Eltern machen Fehler. Und du hast schon recht, Steuererklärungen sind wichtig, Kinder aber wichtiger. Vielleicht hättest du es mal zu einem wirklich geeigneten Zeitpunkt versuchen sollen, an einem Sonntag zum Beispiel. Wenn deine Mutter gerade auf dem Sprung ist, zur Schule zu hetzen, ich weiß, wie sie sich die Zeit stehlen muß, denn sie hat ja auch noch den ganzen Haushalt zu versorgen, dann kann sie sich natürlich nicht gemütlich mit dir hinsetzen und dir zuhören. Und dein Vater, du sagst ja selbst, er ist überfordert und abends todmüde.«

»Kann sein«, sagte Nina störrisch, »oder besser: so ist es. Ich habe es immer wieder versucht, und immer wieder war es der falsche Augenblick. Da steckt man es eines Tages auf, Großmutter. Immer bekommt man zu hören, daß früher alles ganz anders war. Wie es aber war, sagt uns keiner.«

Die alte Dame schwieg. Sie schwieg so lange, daß Nina allmählich ein wenig bange wurde. Hatte sie etwas Dummes oder Falsches gesagt oder etwas, das Großmama verletzte? Aber es war doch so. Volker und sie wollten heiraten, warum sollten sie nicht, und die Eltern waren nicht damit einverstanden, einfach, weil sie meinten, zu ihrer Zeit hätte man das auch nicht getan, ohne mit der Berufsausbildung fertig zu sein. Einen anderen Grund gaben sie nicht an.

»Wie war es denn bei euch?« fragte sie also nochmal, leise, aber dringlich bittend. Die alte Dame lachte ein kleines, murmelndes Lachen und sah zur

Wand hinüber, an der das Bild eines Mannes hing, silbergerahmt, eines Mannes mit einem klugen und freundlichen Gesicht. Darunter hing, altmodisch, aber entzückend in den Farben ein Immortellenkranz.

»Bei uns ... Nina, du hast mir eben ein Kompliment gemacht, indem du sagtest, ich schöbe die Steuererklärung weg, um für dich da zu sein. Ich habe es getan, freilich nur für eine Viertelstunde. Diese Arbeit ist dringend, so etwas gibt es. Aber ... Du hast doch Zeit, Kind, oder? Na wundervoll. Komm, trinke noch eine zweite Tasse Kaffee und rauche eine Zigarette dazu. Ich weiß, zum Kaffee schmeckt sie am besten. Das sagte auch dein Großvater immer. Dein Großvater – er wird mich vertreten. Weißt du eigentlich, daß dein Großvater neben seiner anderen Arbeit ein wenig schrieb. Nichts Großartiges, sondern mehr für sich und für mich. Vielleicht auch für ein paar Gleichgesinnte aus unserer Generation.

Du bist jung, Nina, und gehörst zu einer anderen Generation. Manchmal aber meine ich, du bist die Enkelin, die am meisten nach dem Großvater schlägt. Du schreibst vielleicht auch«. Sie sah, wie das junge Mädchen flüchtig errötete, tat aber, als merke sie es nicht, »auf jeden Fall liest du gern und viel. Bücher sind dir wichtig. Ich will dir eins geben, ein Büchlein, das du noch nicht kennst. Wenige kennen es, dein Großvater schenkte es mir, als wir die silberne Hochzeit feierten. Seitdem ist es in Abständen immer wieder einmal aufgelegt worden, in einem Verlag, der ein bißchen eigene Wege geht, nicht die üblichen von heute, verstehst du. Andere Wege, stillere, der keine Bestseller forciert und keine Millionenauflagen zu erzielen versucht. Hier ist es, Nina, willst du es lesen? Du sagtest, du hättest Zeit.«

»Großmama ...«

»Ja, mein Kind. Ich gebe es nicht jedem. Aber wenn man gefragt wird ... Du sagtest, du wolltest wissen, wie es früher war, als wir so alt waren wie du, wie ihr jetzt, dein Volker und du. Als wir uns liebten. Da drin steht es. Dein Großvater kann es besser erzählen als ich, er war ein Mann mit Herz, Klugheit und Charme, o ja. Manchmal erinnerst du mich an ihn.«

Sie lachte und drückte der Enkelin einen raschen Kuß auf die Wange. »Nun setze dich gemütlich hin und lies. Da stehen die Zigaretten, und Kaffee ist auch noch in der Kanne. Willst du? Ich gehe nach nebenan und arbeite weiter.«

»Willst du es mir nicht lieber vorlesen?« fragte Nina schüchtern. »Oder ist das – verzeih, Großmama, vielleicht macht dich das traurig?«

»Nein, Kind, nicht mehr. Es gibt einen Spruch: ›Weine nicht, daß es vorüber, sondern lächle, daß es gewesen.‹ Siehst du, so weit bin ich jetzt. Glücklich, daß es gewesen. Aber lesen solltest du es selbst. Willst du?«

»Gern. Danke«, sagte Nina und nahm die alte

Dame um den Hals. »Danke, daß ich darf, Großmama. Ich freue mich drauf. Immer habe ich gedacht, der November hat nur scheußliche Tage. Graue, nasse, trübe ... aber heute ...«

»Das habe ich auch mal gedacht, Nina«, lachte die Großmutter. »Aber seit dem November neunzehnhundertdreiundzwanzig – aber das steht ja alles da drin. Lies wohl, mein Liebes!«

»Jetzt muß ich aber wirklich heim!«
Friederike warf einem der Jungen den schweren Lederball zu und fuhr sich mit dem Unterarm über das Gesicht. Heide hatte sie zu einem letzten, einem allerletzten Völkerballspiel überredet gehabt und ihr dafür ihr Fahrrad versprochen. Friederike war nur zu gern geblieben; ihr gefiel es in Marienborn viel besser als in der engen Etagenwohnung ihrer Eltern. Hier konnte man den ganzen Tag im Turnzeug herumlaufen, Schlagball spielen und Anschlagverstecken im Dunkeln; die Gartenstadt war sozusagen eine einzige große Familie. Hier wohnen können, so wie Heide ...
»Komm, ich muß mich ja noch umziehen!«
Heide lief mit. Im Fahrradkeller ihrer elterlichen Wohnung lagen Friederikes Sachen. Heide half ihr hinein und hob dann ihr Fahrrad aus dem Ständer. »Du, das hat keine Luft!« sagte sie erschrocken. »Und ehe wir es flicken – warte, ich geb' dir Helmuts Rad.«
Heide war großzügig, auch wenn sie Friederikes Sorge ›Meine Mutter ängstigt sich‹ nicht tragisch nahm. Ihre Mutter ängstigte sich nie, wenn sie später kam, und was man nicht am eigenen Leibe erfährt, berührt einen nicht. Sie hob das Rad ihres Bruders heraus, sah aber, daß es angeschlossen war. Vielleicht verdroß Helmut ihre Großzügigkeit mit-

unter eben doch. »So ein Pech! Nun kannst du das auch nicht nehmen!«
Es kam, wie es immer wieder geschah, wenn man sich auf Heide verließ: Friederike mußte doch laufen.
»Dann rennst du eben«, sagte Heide und entließ sie mit einem freundlichen »Tschüß!« Friederike rannte los.

Der Sommer war vorbei, es wurde bald dunkel. Mutter befürchtete immer sofort das Schlimmste, wenn sie nicht pünktlich nach Hause kam. Freilich, die Zeitungen berichteten laufend von Überfällen auf Frauen und Mädchen. Die Straßenbeleuchtung, vor allem in den Vorstädten, war auch denkbar schlecht. Wer aber sollte ein Kind überfallen, dachte Friederike. Sie war in Dauerlauf gefallen, obwohl sie von der Toberei in Marienborn schon atemlos war. Von einer bestimmten Stelle aus konnte man eine Turmuhr erkennen. Friederike erschrak, als sie sah, wie spät es war. Diese Zeit holte auch der schnellste Dauerlauf nicht auf. Mein Gott, was würde Mutter sagen!
Sie bremste, fiel in Schritt und versuchte durchzuatmen. Dabei überlegte sie. Wenn sie hier von der Straße abbog und unter der Eisenbahnbrücke durchlief, sparte sie zehn Minuten. Es war verboten, aber manchmal hatte sie es schon getan, und erwischt hatte sie noch nie jemand. Heide hatte ihr diesen Trick verraten, sie tat es auf dem Schulweg

manchmal, wenn sie spät dran war. Die Straße machte hier einen ziemlichen Bogen, den man sparen konnte. Friederike fühlte ihr Herz hämmern. Sollte sie? Wenn Mutter das wüßte! Sie fände es bestimmt schlimmer als das Zuspätkommen. Aber sie erfuhr es ja nicht.

Friederike rutschte die Böschung hinunter, halb springend, halb gleitend, und tauchte in das Dämmerlicht unter der Brücke. Immer schön an der Wand entlang! Schotter lag hier, sie stolperte und wäre beinahe gefallen, ehe sich ihre Augen an die Dunkelheit gewöhnt hatten. Die Schienen schimmerten matt. Schnell hindurch, was war denn dabei!

»Nanu? Wer ist denn – ach, sieh mal an!«

Friederike erschrak bis ins Herz. Eine Männerstimme, halblaut, fast stimmlos, so, wie man spricht, wenn man geschwollene Mandeln hat. Unangenehm klang sie. Friederike bekam eine Gänsehaut.

Mutter hatte wahrscheinlich doch recht, wenn sie fand, man müßte vor Einbruch der Dunkelheit zu Hause sein und nie dort gehen, wo keine anderen Leute sind. Friederike blitzte diese Erkenntnis durch den Kopf, während sie auszuweichen versuchte. Der Gang hier an der Seite, den man entlanglaufen konnte, ohne auf die Schienen zu kommen, war sehr schmal.

»Wohin denn? Warum rennst du denn so?« zischte es neben ihr. Sie hastete, blind vor Angst, auf die

Schienen. Jemand griff nach ihr, hielt sie am Kleid fest, sie stolperte und fiel, schlug mit dem Gesicht auf etwas Kaltes, Eisernes, riß sich wieder hoch. Wahrhaftig, es kam jemand hinter ihr her.
Sie schrie nicht. Hier hörte sie ja doch niemand, und ihre Kehle war ganz eng und wie zugeschnürt vor Angst. Auf allen Vieren krabbelte sie quer über die Gleise, sich aufzurichten nahm sie sich nicht die Zeit, warf sich auf der anderen Seite herunter, kam von der fremden Hand frei, richtete sich auf und rannte, rannte –
Nur hinaus, nur ins Helle! In ihrer Todesangst merkte sie nicht, daß sie zurücklief. Nur fort von dem Kerl, nur weg, ins Freie! Erst hörte sie es noch hinter sich tapsen, laufen, schlurfende Schritte und ein paar halblaute Flüche. Dann schien der Verfolger aufzugeben. Sie war zu flink. Endlich draußen! Den Bahndamm hinauf, wie ein Hase lief sie über das Gras. Gottlob, die Straße! Mit zitternden Knien und ohne Atem stand sie da, an das Geländer gelehnt, und versuchte, wieder Luft zu bekommen. Dabei merkte sie, daß sie weinte, halblaut, stoßweise, und die Nase lief ihr. Sie fuhr sich über das Gesicht: Blut. Ach du lieber Himmel, auch das noch! Was sollte sie nur zu Hause erzählen!
Zum Glück war es hier einsam. Fußgänger gingen kaum vorbei, über den Fahrdamm dröhnte hie und da ein Lastwagen. Niemand sah sie. Sie kramte nach einem Taschentuch, fand aber keins. So wischte sie sich mit dem inneren Saum ihres Kleides über das

Gesicht, schnaubte die Nase leer, trocknete sich die Hände. Reizend mußte sie aussehen, wahrhaftig! Da, ein Radler. Er fuhr in Richtung Marienborn. Friederike drückte sich an das Brückengeländer und hoffte, er würde sie nicht sehen. Vielleicht war das wieder so einer wie der unter der Brücke! Gleich mußte er vorbei sein.

Aber er hielt, stieg sogar ab. Sie machte sich klein und hörte selbst, wie ihr Atem ging, kläglich und pfeifend vor Angst.

»Friederike? Na, da habe ich aber Glück!« sagte eine Stimme, die sie kannte. »Was machst du denn hier? Hingeflogen? Zeig doch mal.«

Friederike atmete tief aus. Es klang wie ein Blasebalg, den man zudrückt und der alle Luft auf einmal auspustet. Nein, dies war kein scheußlicher Kerl wie der unter der Brücke, sondern Conrad Vogt, Mutters Mittagstisch-Student, Angehöriger der Turnerschaft, bei der Vater früher aktiv gewesen war, ein guter Bekannter also. Ach, er war heute viel mehr als das, er war die Rettung, der Erzengel Michael in Person. Friederike vergaß, daß sie blutverschmiert und verheult aussah, sie strahlte auf, selbstvergessen und glücklich.

»Nein nicht hingeflogen – doch, ja. Doch. Das macht aber gar nichts. Conrad, wohin wollten Sie?«

»Dich suchen.« Er lachte in seiner stillen Art. »Ich kam zu euch, und deine Mutter lud mich zum Abendbrot ein. Sie sagte: ›Wir essen in einer halben

Stunde, Friederike ist noch nicht da.‹ Nun weiß ich ja, wie deine Mutter ist. So fragte ich ganz harmlos, wo du wärst. ›In Marienborn bei Heide‹, sagte sie. Da tat ich, als wollte ich schnell Zigaretten holen, und drückte mich davon. Komm, los, rauf auf mein Rad, wenn wir uns beeilen, kommen wir gerade recht.«

»Wunderbar, Conrad! Und Sie verraten zu Hause nichts?«

Friederike war schon manchmal so gefahren. Sie setzte sich geschickt auf die Stange, die bei Herrenrädern Sattel und Lenkstange verbindet, und hielt sich vorn fest. Er stieß sich vorsichtig ab, wackelte und kam in Fahrt.

»Ich verrate nichts. Wenn du dich vorher wäschst. Warum bist du so auf die Nase geflogen?«

»Ach, lassen Sie doch. Manchmal fällt man eben hin.«

Sie sagte es so ungeschickt nebenbei, daß er wohl merkte, hier stimmte etwas nicht. Hier war Schlimmeres geschehen als ein Stolpern und Auf-die-Nase-fallen. Aber er mochte nicht in sie dringen. Später vielleicht.

»Ich kann nichts dafür, daß es so spät wurde. Heide versprach mir ihr Rad, aber es hatte keine Luft, und das andere war angeschlossen«, erzählte sie, »mit dem Rad hätte ich es noch zur Zeit geschafft.«

Conrad, schon jahrelang mit der Familie bekannt, wußte über die meisten Freunde der Kinder Bescheid.

»Ach ja, Heide«, sagte er und lachte ein bißchen.
»Was heißt: ›ach ja, Heide‹!« Friederike war sofort bereit, die Freundin zu verteidigen. »Heide ist ein großartiger Kamerad, sie wollte gern, daß ich noch blieb. Das mit den Fahrrädern konnte sie ja nicht wissen.«
»Ich sage ja nichts gegen sie, ich finde sie sogar sehr nett«, sagte Conrad. Er bog um eine Kurve. »Hier muß ich ein bißchen aufpassen, hie und da gibt es doch noch einen Polizisten, der uns erwischen könnte, so dünn gesät sie heutzutage auch sind.«
»Sie haben kein Licht?«
»Doch. Carbid. Ich bin aber zu faul, es anzuzünden. Den Vorschriften würde es schon genügen. Nur – du bist unvorschriftsmäßig, Friederike.«
»Weil ich –«
»Klar. Sowas kostet ein paar Millionen, wenn sie uns erwischen. Aber sie erwischen uns nicht, keine Bange.«
»Ich habe auch keine.«
Das stimmte. Sie saß, von seinen Armen umschlossen, auf dem Roß, geborgen und beschützt wie eine Prinzessin, die der Prinz entführt und auf sein Schloß bringt. Traumhaft und märchenhaft kam sie sich vor; unter dem scheußlichen Kerl, der sie unter der Eisenbahnbrücke verfolgt hatte, konnte man sich ohne Mühe den Drachen vorstellen, vor dem sie gerettet war. Sie lachte.
»Warum lachst du?« fragte er leise.
»Weil – nein, das erzähle ich Ihnen nicht.«

»Hör Frieder...« so wurde sie zu Hause genannt, und er hatte diesen Spitznamen übernommen. Seine Stimme klang jetzt ein wenig verlegen, und das wunderte sie. Er war doch zehn Jahre älter als sie, was brauchte er da verlegen zu sein? »...du, ich wollte es dir schon immer einmal sagen, warum siezt du mich eigentlich immer noch? Dein Vater duzt mich, deine Brüder, seit einiger Zeit auch deine Mutter, nachdem sie sich immer wieder versprach, nur du nicht. Ich finde, das paßt irgendwie nicht.«

»So? Finden Sie?«

»Ja. Könnten wir das nicht ändern? Ich bin doch keine Respektsperson, jedenfalls..., eigentlich könnte ich gut dein Bruder sein oder wenigstens ein Vetter von euch, nicht?«

»Ja. Heide hat auch einen Vetter, der ist sogar dreizehn Jahre älter als sie«, sagte sie rasch und auch verlegen. Sie war überhaupt sehr befangen, nachdem er davon angefangen hatte. Sie fuhren jetzt die Reitzenhainerstraße entlang, es ging hier ein wenig bergab. Conrad ließ das Rad im Freilauf dahinrollen. Vielleicht eilte es ihm nicht, jetzt sofort anzukommen.

»Na, den duzt sie bestimmt auch.«

»Ja, er ist aber auch ihr richtiger Vetter.«

»Heide duzt wohl überhaupt viele Männer?«

»Erstens sind das keine Männer, sondern Jungen, und dann...« Friederikes Stimme klang gereizt und angriffslustig. Sie war es gewöhnt, Heide verteidigen zu müssen. Ihre Eltern waren mit dieser Wandervogel-Bekanntschaft, wie sie Heide nannten, nicht sehr einverstanden.

»Und dann? Was ist dann noch?« fragte Conrad amüsiert.

»Heide ist Wandervogel, da duzt man sich«, sagte Friederike. Es klang ein wenig patzig. Conrad lachte leise. Er kannte Friederikes sehnsüchtige und ein wenig schwärmerische Liebe zu Heide, begriff sie auch bis zu einem gewissen Grad. Heide war frisch, hübsch und sehr eigenständig. Sie hatte viele Bewunderer.

»Außerdem kann Heide machen, was sie will«, schloß Friederike.

»Hm. Ganz unterschreiben möchte ich das nicht.«

»Aber halb?« fragte Friederike gespannt.

»Vielleicht. Aber lassen wir Heide mal beiseite, du bist mir wichtiger«, sagte Conrad. »Wie wäre es also mit dem Du? Ich komme mir ja wie ein Greis vor, wenn du mich siezt.«

›Du bist mir wichtiger‹, das hatte noch nie jemand zu ihr gesagt. Friederike war froh, daß es dunkel war und er nicht merken konnte, wie sie rot wurde. Jemand, dem sie wichtiger war als Heide, unausdenkbar!

»Aber Sie sind doch –«

»Ich bin kein Wandervogel, aber eure Lieder kenne ich alle, und muß man es unbedingt sein, um sich zu duzen? Aber vielleicht meinst du, deinen Eltern wäre es nicht recht? Da könnten wir ja du zueinander sagen, wenn wir allein sind, zum Beispiel jetzt. Wenn es niemand sonst hört.«

Friederike schwieg. Es war verlockend, sich heimlich mit jemandem zu duzen, gerade mit einem Erwachsenen, keinem ›Jungen‹, sondern einem richtigen Mann, der schon weit über zwanzig war. Die Mädchen aus ihrer Klasse würden das bestimmt toll finden.

»Lieber nicht. Ich würde mich dauernd versprechen, glaube ich«, sagte sie verlegen. Ach, daß man doch immer das Gegenteil von dem sagt, was man sich heimlich wünscht!

»Schade. Ich hatte mich schon darauf gefreut, Brüderschaft mit dir zu trinken«, sagte Conrad und begann, wieder in die Pedale zu treten. Die Straße war jetzt eben, es ging nicht mehr bergab.

»Ich trinke keinen Alkohol«, sagte Friederike. Sie hatte diesen Grundsatz der Jugendbewegung von Heide übernommen und verteidigte ihn sehr streitbar, obwohl er wahrhaftig nicht schwer zu verwirklichen war. In ihrem Elternhaus gab es überhaupt keinen Alkohol, abgesehen davon, daß man ihn heutzutage nicht hätte bezahlen können. Friederike erinnerte sich an ein einziges Mal, daß Weingläser auf dem Tisch gestanden hatten: an Jörgs Konfirmation. Als Andreas konfirmiert wurde, gab es schon keine Möglichkeit mehr. Trotzdem fand sie ihren Grundsatz, nicht zu trinken und nicht zu rauchen, sehr wichtig und war stolz darauf. Conrad lächelte ein klein wenig.

»So, da sind wir.« Er stieg vom Fahrrad und stand nun neben dem Rad, auf dessen Stange Friederike noch saß, und hielt es im Gleichgewicht. Sie sah auf die Armbanduhr an seinem linken Handgelenk, der Jackettärmel hatte sich verschoben, so daß die Uhr herausguckte.

»Gerade noch geschafft«, seufzte sie, »so ein Glück! Danke, Conrad.«

Er antwortete nicht. Sie hob das Gesicht ein wenig dem seinen zu. Warum ließ er sie nicht absteigen? Er sah sie an. Ganz nahe waren seine Augen, die braun schimmerten mit ein paar dunklen Sprenkeln darin, braun wie alter, ungeschliffener Bernstein. Sie sah in diese Augen hinein, die ernst und ein wenig fragend, aber auch irgendwie traurig, wehmütig aussahen, so als sähen sie etwas, was schön, aber nicht erreichbar war.

»Was hast du?« fragte sie leise, eine Ahnung streifte sie, daß auch Erwachsene Sorgen haben konnten.

»Nichts weiter. Jetzt hast du ›du‹ gesagt. Sag es noch einmal, sag: ich danke dir. Das kannst du doch sagen, oder? Conrad, ich danke dir«, sprach er ihr vor, leise und deutlich, wie man mit einem Kind spricht, das reden lernt. Friederike hielt den Atem an. »Oder möchtest du nicht?« fragte er nach einem Augenblick Schweigen noch leiser.

»Doch. Conrad, ich danke dir«, sagte sie gehorsam und wie im Traum. Sekundenlang rührten sie sich beide nicht, dann wandte sie ihr Gesicht dem

seinen zu, schloß die Augen und drückte ihre Wange an seine. Die fühlte sich rauh an und ein wenig kalt von der Abendluft, aber man spürte die Wärme des Blutes darunter. Es war eine heftige und gleichzeitig innige Bewegung, und sie wunderte sich selbst, daß sie dies fertig brachte. Einen winzigen Augenblick lang hatten sie beide das Gefühl, als seien sie ein Wesen, als ströme ihr Blut durch einen einzigen Körper, warm, pulsierend. Dann hatte sie sich schon wieder von ihm gelöst.
Sie rutschte vom Fahrrad, lief vor und hielt ihm die Haustür auf. Er schulterte das Rad und schleppte es hinter ihr her die zwei Treppen hinauf zu der Etagenwohnung, in der ihre Eltern wohnten.
Damals war Friederike fünfzehn Jahre alt und ging in die dritte Klasse der Höheren Töchterschule der Stadt. Man schrieb das Jahr 1923.

Herbst in der Großstadt. Nasse Straßen, frühe Dunkelheit, zu Hause ein einziges geheiztes Zimmer. Friederikes Vater, nervös und überarbeitet, lebte eigentlich nur für seine Arbeit, voller Sorgen um die Zukunft seiner Kinder. Der wissenschaftliche Verlag, in dem er tätig war, stand wie viele andere zu dieser Zeit auf wackligen Füßen. Die Mutter mühte sich, trotz des wenigen Geldes den Haushalt einigermaßen in Ordnung zu halten. Das war nicht leicht. Was entzweiging, blieb unersetzt, man konnte ja nichts kaufen. Das Geld reichte kaum für das tägliche Essen. Der Himmel hing tief und grau

über der Vorstadt, und es nieselte, es war, als habe es nie Sonnenschein und Blüten gegeben.
An solch einem Abend kam Friederike heim, sie hatte bei einer Freundin Schularbeiten gemacht. Die Küchentür war nur angelehnt, rötlich goldenes Licht fiel durch den Spalt in den Flur hinaus. Also wieder einmal Stromsperre, oder aber Mutter hatte das Petroleumlämpchen aus Sparsamkeitsgründen genommen. Sie schien gehört zu haben, daß die Flurtür ging.
»Frieder?« rief sie halblaut.
»Ja, Mutter.«
Friederike trat in die Küche. Sie trug über dem dunkelblauen Strickkleid eine Windjacke, die schon beide Brüder besessen hatten; sie war vom vielen Waschen ausgebleicht und jetzt an den Schultern dunkel vor Nässe und wurde von einem vom Alter schmiegsam gewordenen Ledergürtel zusammengehalten. Friederike nahm die kleine runde Mütze ab und schüttelte sie. Es gab ein kleines Tropfenfeuerwerk.
»Puh!« sagte Mutter und trat ein wenig beiseite. Friederike lachte.
»Ja, puh. Draußen ist es scheußlich, aber hier hast du es wunderbar gemütlich.«
»Ach, und ich wollte dich nochmal wegschicken. Es tut mir leid für dich, aber ... In der Eisenbahnstraße soll es wieder Sirup geben. Du weißt, wenn wir Pfefferkuchen backen, brauchen wir welchen.«
»Jaja.« Friederike hatte sich auf die Kochkiste ge-

setzt und betrachtete ihre Schuhe. Es waren schwarze hohe Schnürschuhe mit Haken, wo sie herstammten, wußte keiner zu sagen. Die ältesten Sachen kamen heutzutage wieder zu Ehren, man war dankbar für jedes Stück, das man geschenkt bekam. Das Geld verlor von einem Tag zum andern an Wert. Friederike hatte einmal zusammengezählt, was sie besaß und überlegt, ob sie sich dafür ein Brötchen kaufen sollte. Sie tat es nicht. Am andern Tag hätte das Doppelte nicht mehr dafür gereicht.

»Hast du noch Schularbeiten?«

»Nein, alles fertig. Ursel hat mir Mathematik gezeigt. Und sonst hatten wir nur mündlich. – Dann fahre ich aber gleich, naß bin ich sowieso«, sagte Friederike ergeben. Mutter lächelte entschuldigend.

»Dann ziehst du dich nachher um. Übrigens, wenn du einmal in der Gegend bist, fahr doch bei Conrad vorbei. Wir wollen am Sonnabend Kartoffelpuffer backen, ich habe eine Flasche Öl bekommen, die hebe ich dafür auf. Findest du nicht auch, daß wir ihn dazu einladen sollten?«

»Klar.« Friederike stand auf und reckte sich. Sie war schon fast so groß wie Mutter und würde bald größer sein. Man sah ihr nichts an von Entbehrungen und unzureichender Ernährung. Blühend rein strahlte ihre Haut nach der Fahrt durch den Regen hier in der Wärme der winzigen Küche, Mutter registrierte das und fühlte, wie ihr Herz durch wirtschaftliche Nöte, Angst, Bedrückung und Sorge um die Zukunft wie zusammengedrückt, sich weitete vor Glück. Ach, den Kindern tat es nicht weh, so verworren und beängstigend das Leben im Augenblick war. Sie kannten es nicht anders, sie wuchsen hinein und nahmen das, was die Älteren bedrückte, als naturgegeben hin. Dieses Proletariertum im bürgerlichen Milieu, die Petroleumlampe und die abgetragenen Herrenschuhe, die Windjakken und den Erbsbrei ohne Speck oder Wurst, den es mittags gab. Mutter lächelte und fühlte, wie ihre Augen naß wurden, sie wandte sich schnell wieder ihrer Bügelei zu. Nein, weich und gerührt durfte man nicht werden, das verbot sich in dieser Zeit.

Friederike merkte nichts. Sie hatte sich ein Weckglas vom Schrank geholt, probierte den Deckel und steckte beides in ihre Schulmappe, die sie vorher ausgeleert hatte. Dabei pfiff sie eine kleine Melodie, selbstvergessen und heiter verträumt.
Diese Melodie ging Mutter nicht aus dem Kopf, als Friederike schon längst die Treppe hinunter war.

Werft von euch Kummer und Sorgen,
schenkt dem Tage ein frohes Herz.
Werft von euch Kummer und Sohohorgen . . .

Friederike besaß keine vorschriftsmäßige Beleuchtung an ihrem Rad, das fiel aber nicht auf. Ihre Lampe war für eine elektrische Batterie gedacht, die man jedoch nicht kaufen konnte. So hatte sie ein Stümpfchen von einem vorjährigen Christbaum-

Licht hineingeklebt. Das brannte, aber wie lange? Man mußte, wenn ein Polizist auftauchte, rasch abspringen und das Rad schieben, die Herren von der Polizei drückten schon ein Auge zu, wenn man sich harmlos stellte. Friederike fuhr, so schnell sie konnte.

Nicht nur des Lichtes und des Sirups wegen. Freilich, Pfefferkuchenbacken war schön und der erste Schritt in die Adventszeit, aber das war es nicht, was sie heute antrieb. Sie lächelte in die dunkle, nasse, schlecht beleuchtete Vorstadtstraße hinein, ohne zu wissen, daß sie lächelte.

Conrad. Er war nicht der einzige Student, den Mutter mit durchfütterte, sie hatte immer wieder solche Sorgenkinder, denen sie half. Aber Conrad war nicht nur irgendein Student. Er hatte zeitweise auch bei ihnen gewohnt, mit Andreas in dessen Zimmer geschlafen, und früh beim Waschen pflegte er manchmal zu singen, Studentenlieder oder Choräle – er stammte aus einem Pfarrhaus – oder auch Lieder aus dem Zupfgeigenhansl, die sie durch Heide kannte. Dann horchte sie immer selig. Manchmal holte er sie auch von der Schule ab. Er studierte Chemie, und sein Labor lag am Weg zu ihrer Schule. Vielleicht morgen wieder? Friederike lächelte den Verkäufer an, der den schwarzen, zähflüssigen Sirup in das Weckglas rinnen ließ, sie lächelte, als sie die Ladentür hinter sich zuzog. An sich lag die Eisenbahnstraße so, daß man besser erst zu Conrad und dann hierher gefahren wäre. Aber sie hatte absichtlich den Umweg gemacht. Das Haus, in dem Conrad wohnte, war dunkel. Man mußte mit dem Rad durch den Flur und die Hintertreppe hinauf. Das war mühsam und unbequem, aber man konnte das kostbare Fahrrad doch nicht im Hof stehen lassen. Es war eigentlich kein Rad, sondern ein Pferd und hieß Schimming, wie das Roß Siegfrieds. Friederike streichelte und klopfte es und sprach mit ihm, wenn sie allein waren, sie liebte es, als sei es lebendig. Der Film ›Die Nibelungen‹, den sie im Frühjahr gesehen hatte, war ein überwältigendes Erlebnis gewesen. Tage- und wochenlang hatte sie von nichts anderem geträumt als von diesen Heldengestalten, und ihr brennendster, natürlich unerfüllter Wunsch war, noch einmal hineinzugehen. Daran war nicht zu denken, in ihrer Erinnerung aber wurde Siegfried schöner und schöner.

Man kam schlecht um die Kurven auf der engen, unbeleuchteten Treppe. Aber schließlich war sie oben. Sie läutete. Gleich darauf drang etwas Licht durch die Ribbelglasscheibe, und die Wirtin steckte den Kopf durch den Türspalt.
»Ach, unser kleines Frollein.«
Friederike durfte das Rad hinstellen, und Frau Baum ging mit ihr durch den muffig riechenden Gang bis zu Conrads Zimmer und klopfte dort für sie. Dann stand Friederike vor Conrad und sagte das Sprüchlein her, das Mutter ihr aufgetragen hatte. Es

klang ein wenig eingelernt, sie merkte es und ärgerte sich darüber. Conrad lächelte.
Er sah schlecht aus, mager, unterernährt, im Sommer war er wenigstens braun. Sein Gesicht war gleichsam zeitlos und würde in zwanzig Jahren voraussichtlich auch nicht viel anders aussehen. Schön waren seine Augen, dieses merkwürdige Braun, das so schwer zu beschreiben war. Sie blieben eigentlich immer ernst, auch wenn sein Mund lächelte. Ernst, zärtlich und ein wenig gerührt sahen sie auf Friederike herunter, während er ihre Hand hielt, einen Augenblick länger als gewöhnlich.
»Doch, ich komme gern.« Dann rückte er den Schreibtischstuhl, auf dem er gesessen hatte, ein wenig vor. »Komm, setz dich. Oder mußt du gleich wieder fort?«
»Ja, Mutter wartet.« Sie blieb stehen und sah an sich herunter, sah die bespritzten Schuhe und war verlegen. »Draußen ist solches Sauwetter.«
»Gräßlich. Keinen Hund möchte man vor die Tür jagen, aber du kommst mich einladen. Hast du das Fahrrad dabei?«
»Ja. Ich war Sirup holen. Es gab welchen in der Eisenbahnstraße, das ist zu Fuß zu weit.« Nun wußte sie nichts mehr zu sagen. Conrad war hinter sie getreten und half ihr aus der Jacke, die er auf den Diwan warf.
»Oder ist dir zu kalt?« Das Zimmer war nicht geheizt.
Sie schüttelte den Kopf. Es war so merkwürdig,

hier zu sein, Conrads Fürsorge um sich zu fühlen und gar nicht mehr fort zu wollen. Es war, als sei die Zeit stehengeblieben. Ganz fern dachte sie, daß Mutter wohl jetzt das Bügeln aufgegeben habe, um das Abendbrot zu bereiten. Die Brüder waren sicher zu Hause, all das aber war so fern, so unwichtig.

»Woran denkst du?« fragte Conrad in diesem Augenblick.

Friederike zwinkerte.

»An Jörg, er muß jetzt die Kohlen heraufholen, weil ich nicht da bin. Das gönne ich ihm.«

»Hast recht. Das könnte er immer tun, auch wenn du da bist. Ich werde es ihm mal sanft empfehlen.«

»Ach, das nützt nichts. Er wird nie ein Kavalier. Bist du am ersten Advent bei uns?« Daß sie wagte, so zu fragen! Noch nie hatte sie den Mut zu so etwas aufgebracht.

»Ich weiß nicht, vielleicht muß ich nach Hause.«

Conrads Elternhaus, eine schöne alte Dorfpfarrei, lag etwa hundert Kilometer entfernt auf dem Land. Er fuhr manchmal mit dem Fahrrad heim. Einmal, im Herbst, hatte er Jörg und Friederike für acht Tage mitgenommen. Es waren schöne, klare, kalte Oktobertage gewesen. Friederike dachte an silbernen Frühnebel, an Atem, der einem vor dem Mund rauchte, an heiße Roggenschrotsuppe am Morgen und an kalte, schaumig-süße Äpfel, die man im Pfarrgarten auflas. Friederike mußte auch immer an jenen Spätnachmittag denken, an dem Jörg irgendwo anders beschäftigt und sie mit Conrad allein gewesen war. Sie hatten auf einer Bank am Hang gesessen, erst noch gesprochen, dann geschwiegen. Noch heute fühlte sie den leisen Schauer, der sie durchrieselte, als sie fühlte, daß Conrads Jackenärmel an ihren Ellbogen rührte. Verzaubert war die Stunde gewesen, ganz und gar verwunschen. Die Dämmerung wob schon über dem Gottesacker, und es roch nach welkendem Laub und Kartoffelfeuer. Nie würde sie diesen Geruch atmen können, ohne an damals zu denken.

»Nach Hause – aber wenn du nicht fährst, kommst du dann?« fragte sie leise.

Conrad sah sie an. Wenn sie etwas älter und klüger gewesen wäre, hätte sie in seinem Blick gelesen: Ja, ich komme. Ich komme auf jeden Fall – aber sie war noch jung, fast ein Kind, und sehr befangen. Befangen war auch er. Und er ärgerte sich über sich selbst, daß er nicht fertigbrachte auszusprechen, was er fühlte.

»Du bleibst ja auch nicht, du setzt dich nicht mal«, sagte er statt dessen. Friederike scharrte ein wenig mit den Füßen, die nebeneinander standen und die Diele schon ganz feucht gemacht hatten.

»Mutter wartet doch.«

Mutter, das stimmte, hatte eine unangenehme Art, zu warten. Sie schalt nicht, wenn man schließlich kam, aber sie ›hatte sich gesorgt‹. Das war schlimmer. Friederike sagte so etwas. Conrad lachte sein kleines, sparsames Lachen.

»Kennst du das Lied? Es stammt von der Waterkant, da habe ich mir mal Geld verdient. In den Semesterferien, weißt du, auf einem Hof in der Marsch. Da gibt's ein Lied:

Lat mi gahn, min Mudder slöpt,
lat mi gahn, de Wächter röpt...

Und im letzten Vers heißt es:

Mudder lurt, se lurt gewiß –

Sie lauert, verstehst du. Ja, da mußt du wohl gehn. Weißt du, ich bring' dich ein Stück. Es ist dir doch recht?« fragte er so obenhin. »Aber warte, erst –« er langte vom Schrank eine Dose herunter und stellte sie ihr hin. Es waren Kekse darin, keine gekauften, das sah man sofort. Friederike nahm einen davon, während sie überlegte, woher er sie haben könnte.
»Vom Täubchen?« fragte sie dann, absichtlich. Es war besser, es zu wissen als immerzu daran zu denken, ob es so war. Conrad lachte.
»Geraten. Sie hat sie mir vorigen Sonntag geschickt.«
»So.« Friederike sah auf das angebissene Plätzchen in ihrer Hand. Es schmeckte gut nach Zitrone und Nuß. ›Täubchen‹ war eine Verehrerin von Conrad, wie Mutter einmal im Spaß gesagt hatte. Er arbeitete in seiner freien Zeit in einer Fabrik für ätherische Öle, dort war sie angestellt. Friederike hatte sie einmal gesehen, als sie für Andreas hingehen und Conrad etwas ausrichten mußte. Andreas schickte die jüngere Schwester rücksichtslos herum, wenn

es ihm paßte. Friederike hatte Täubchen darum beneidet, den ganzen Tag im selben Raum mit Conrad sein zu dürfen. Jetzt, da sie auf dem Gebäckstück herumbiß, dachte sie wieder daran.
Freilich, man war es gewöhnt, daß die Erwachsenen alles durften und man selbst nichts. Jetzt aber fühlte sie zum ersten Mal eine Empörung, ja, ein Auflehnen dagegen.
»Ich muß los«, sagte sie deshalb.
»Du hast das Rad dabei? Dann schieben wir es eben.«
»Und ich komme zu spät heim«, sagte Friederike, es klang patziger als sie wollte. Er sah sie erschrokken an.
»Wirklich? Hast du so wenig Zeit?«
»Aber woher denn, es geht natürlich«, sagte sie ganz schnell. Sie sagte es leise, mit schlechtem Gewissen und völlig überstürzt. Es war das erste Mal, daß sie danach handelte, was ihr begehrenswert schien, entgegen der Mahnung der Mutter, die hieß: ›Du kommst aber sofort wieder heim!‹ Es ist mir egal, dachte sie aufrührerisch, immer soll ich tun, was die andern sagen. Zum Sirupholen war ich ja auch gut genug.
Conrad trug ihr das Rad hinunter. Auf der Straße stellte er es auf den Fahrdamm, legte die linke Hand auf die Lenkstange, und schob seinen anderen Arm unter den Friederikes. Er tat es schweigend und ganz ruhig. Friederike hielt sich ganz steif vor Befangenheit.

Noch nie waren sie so miteinander gegangen. Voriges Jahr beim Schlittschuhlaufen hatte er ihr das Bogenfahren beigebracht. Nach Musik – dabei mußte er sie von hinten mit beiden Händen halten. Sonst aber hatten sie einander nie berührt, außer, wenn sie sich beim Kommen oder Gehen die Hand gaben.
Es war überwältigend, so mit ihm zu gehen. Sie konnte nichts sagen – er sprach übrigens auch nicht. So gingen sie, erst in normalem Tempo, dann langsamer, unmerklich. Friederike nahm den Geruch ätherischer Öle wahr, der an seinen Sachen haftete, ein übertrieben süßlicher, konzentrierter Geruch, sie hatte ihn schon öfter bemerkt, wenn Conrad aus der Fabrik zu ihnen kam. Heute aber vermischte er sich für sie mit dem Geruch dieses Abends, mit dem Novembernebel und dem Eisenbahnrauch, der tief heruntergedrückt wurde, als sie über die Brücke gingen – mit der ganzen Vorstadt, durch die sie gingen, den trüben Lichthöfen, die sich um die wenigen Laternen gebildet hatten, die rechts und links brannten. Einmal sagte Conrad:
»Schade, daß der Weg nicht dreimal so lang ist.«
»Ja, schade«, antwortete sie. Sie sagte es aus dem tiefen, merkwürdig schwindlig machenden Gefühl heraus, das sie erfüllte: Ganz egal, was mich zu Hause erwartet ...
Als sie in ihrer Straße angekommen waren, schob er das Rad an den Rand des winzigen Vorgartens, ließ es dort stehen und fuhr Friederike, die schweigend und wie verzaubert auf ihn gewartet hatte, mit bei-

den Händen über den Kopf. Ihre Zöpfe, die vorn über die Schultern hingen, waren naß vom Nebel und schwer. Er legte sie mit einer zarten Bewegung nach hinten, bog ihren Kopf ein ganz klein wenig in den Nacken und küßte sie. Es war wie ein Hauch auf ihren Lippen. Sie schloß die Augen, öffnete sie dann wieder und sah im dämmernden Licht die seinen über sich. Dann lehnte sie die Stirn an seinen Mantelaufschlag, der sich rauh und feucht anfühlte. Er trug ihr das Rad hinauf. Oben im Flur standen Mutter und Jörg, Mutter mit einer Schüssel dampfender Bratkartoffeln in der Hand.

»Fein, Conrad, du kannst gleich mitessen. Komm herein«, sagte sie herzlich, »Jörg, könntest du mir die Tür aufmachen? Danke, Conrad, nein, aus dem Bengel wird nie ein feiner Mann –« Conrad hatte sie ihr geöffnet – »so, natürlich ißt du mit, es reicht bestimmt.«

Conrad stand neben Friederike, die sich die Windjacke auszog. Sie war so knieweich, als sei sie soeben tausend Meter geschwommen und versuche nun, wieder auf den Beinen zu stehen. Er nahm ihr die Jacke ab und hängte sie auf, seinen Mantel darüber. Friederike sah zu, ihr war, als fühlte sie, wie die Windjacke sich in die Wärme seines Mantels hineinschmiegte. Zum ersten Mal im Leben fühlte sie, was das ist: Glück ohne Maß. Glück, das zu groß ist, um ganz aufgenommen zu werden. Man muß sich dehnen, um es fassen zu können. Später dachte sie oft an diese Stunde, und immer hatte sie bei der Vorstellung des Wortes ›Glück‹ das Bild vor Augen, wie eine ausgebleichte alte Windjacke sich in einen grauen Mantel hineinschmiegt.

Conrad öffnete die Augen. Das Fenster stand wie ein graues Viereck im dunklen Raum. Es schien später Nachmittag zu sein, er hatte versucht, im Bett zu arbeiten, weil das Zimmer so kalt war. Darüber mußte er eingeschlafen sein. Er vermochte nicht, sich aufzuraffen.
Es ging im häufig so, daß er jetzt, da das Examen näherrückte, im Bett lernte oder zu lernen versuchte. Gern tat er es nicht, da er, übermüdet durch die doppelte Belastung des Studiums und des Geldverdienens, meist darüber einschlief. Sechs Stunden seines Tages nahm die Fabrik in Anspruch, und wenn man die Wege hin und her mitrechnete, so waren es noch mehr. Vorlesungen, Arbeitsgemeinschaften, Laborarbeit – Conrad schloß die Augen. Er wollte nichts sehen.
Einmal würde er sich entscheiden müssen. Das Studium aufgeben, ganz in der Fabrik bleiben – viele taten das heute. Damit gab man sozusagen seine Zukunft auf. Aber wer ahnte denn, ob er bis zum Examen durchhalten und es überhaupt schaffen würde? Ausgehungert und frierend kann der Mensch sehr viel weniger aufnehmen. Viele meinten, das läge am Fettmangel, der diese Müdigkeit auslöste. Conrad glaubte das nicht. Bei ihm war wohl eher der wenige Zucker, den er zu sich nahm,

der Grund für seine Schwäche. Ohne Zucker konnte er sich nicht konzentrieren, vor allem nur sehr schwer etwas behalten.
Er durfte nicht mehr im Bett lernen. Erstens schlief er vor Übermüdung ein, und das Aufstehen hinterher fiel ihm noch schwerer. Ihm war, als drücke des Lebens ganze Last auf sein Herz, wenn er so lag und es nicht über sich brachte, einen einzigen hellen Punkt vor sich zu sehen, um den es gelohnt hätte, sich aufzuraffen. Dunkel, grau, schwarz war die Zukunft, und die Vorstellung, daß er seinen Eltern bis zum Examen auf der Tasche liegen würde, drückte wie ein Alptraum auf ihn.
Ein leises Klopfen an der Tür.
»Frau Baum?« rief er halblaut. »Nein ich bin nicht zu sprechen. Ich schlafe noch. Ich bin schon tot. Was gibt's?«
»Ach, ich wollte nur –«
Verzweiflung überfiel ihn. Er stand nicht auf. Wer auch draußen war, ein Kommilitone, der Professor selbst oder wer sonst, sie sollten zum Teufel gehen, alle miteinander. Jetzt aufstehen müssen, übernächtigt, fröstelnd, hungrig und mißmutig, und mit jemandem sprechen müssen …
»Es ist das kleine Frolleinchen. Sie will nicht hereinkommen.«
»Friederike?«
Mit einem Sprung war Conrad aus dem Bett, ordnete die Decken, steckte das Gesicht in kaltes Wasser. Er prustete, während er nach draußen rief:

»Sie soll warten! Bitte! Eine Sekunde, Frau Baum! Natürlich war ich wach!«
Wie ein Stern in der Dunkelheit stand es vor ihm – Friederike war da. Friederike fragte nach ihm. O Friederike!
Dann standen sie einander im Flur gegenüber. Sie schüchtern und so, als bereue sie ihren Entschluß, ohne mütterlichen Auftrag hierhergekommen zu sein, Conrad aufgeregt und unschlüssig, was er tun sollte. In sein kaltes Zimmer mochte er sie nicht führen.
»Kommen Sie doch in die Küche. Ich habe heißes Wasser da und mache einen Tee«, sagte Frau Baum endlich und schob Friederike zu der einen Tür. Conrad folgte. Die Küche war warm und gemütlich. Frau Baum nötigte ›das kleine Frolleinchen‹ an den Tisch und machte sich am Herd zu schaffen, ihre Mütterlichkeit tat wohl.
»Ich habe noch von der Zitronenmelisse, die Sie mir im Herbst brachten«, sagte sie geschäftig, »aus Ihrem Garten zu Hause, Sie wissen doch. Ich habe sie getrocknet.«
Über Friederikes Gesicht ging ein Lächeln und machte es weich und unbefangen. Sie war dabei gewesen, als Conrad diesen Tee im Garten seines Vaterhauses pflückte, die hohen nassen Stengel, die stark und intensiv rochen. Als Frau Baum kochendes Wasser darüber goß, verbreitete sich der Duft wieder. »Ja, ich weiß. Sie wächst an der Ecke, wo die Ziegen nicht hindürfen. Besinnst du dich, wie

wir die Mecke jagten«, sie lachte. Conrad lachte auch.

»Ich habe dir was mitgebracht«, sagte Friederike dann und schob ihm ein Päckchen über den Tisch. »Es sind Pfefferkuchen, wir haben heute gebacken. Frau Baum muß aber auch mitessen. Nur nicht die Buchstaben. Paß auf–«, sie hatte das weihnachtlich bunte Einwickelpapier auf dem Tisch auseinandergefaltet und ordnete die Gebäckstücke. Herzen und Sterne, Tannenbäumchen, Kringel und Bretzeln, und Buchstaben. Ein C, ein O, wo war das N? Sie suchte, schob herum, CONRAD lag jetzt vor ihm. Er betrachtete es gerührt.

»Gelt, die ißt du noch nicht gleich? Aber die andern mußt du kosten, und Sie auch, Frau Baum, bitte!« Nach einer Weile fragte sie: »Sag mal, hast du was verloren? Vermißt du was? Oder Sie, Frau Baum?« Friederike sah von einem Gesicht zum andern.

»Was denn verloren?« fragten beide gleichzeitig.

»Aus dem Portemonnaie. Ich habe nämlich was gefunden, unten, vor der Haustür, als ich wartete.«

»Hast du gewartet?«

»Ja, ich dachte, du kommst. Heute ist doch die schöne Motette. Mutter und die Jungens sind auch gegangen, ich habe gesagt, ich müßte noch etwas besorgen, was sie nicht wissen dürfen. Was für Weihnachten, haben sie natürlich gedacht, ich hab's aber nicht gesagt.«

»Und da hast du was gefunden?«

»Ja.«

»Vor unserer Haustür? Wie sieht es denn aus?«
»Braun. Viereckig. Dünn. Aus Papier.« Friederike rührte in ihrem Tee. »Du mußt raten.«
»Eine Billion?« fragte Conrad.
»Falsch. Fünfzig Pfennig, Rentenpfennig, steht drauf. Ich bin an die Laterne gegangen und habe es mir angesehen.«
Sie schob ein Stück Papier über den Tisch. Conrad nahm es und hielt es so, daß auch Frau Baum es ansehen konnte. Fünfzig Rentenpfennige, wie das klang!
»Nein, ich habe sie nicht verloren. Ich habe noch nie welche gesehen. Es ist das erste Mal... Und Sie, Frau Baum?«
»Ooch nich«, sagte die Zimmerwirtin, vor Aufregung ganz sächsisch werdend, »noch nie. Rentenpfennsche – muß jemandem anderm geheern.«
»Ich schenke sie dir«, sagte Friederike, »als Glückspfennige. Du kannst doch Glück brauchen.«
»Aber nein –«
»Doch! Glückspfennige muß man verschenken«, sagte Friederike und schob sie ihm zu. »Steck sie ein, und koste doch endlich unsere Pfefferkuchen! Sie schmecken wirklich gut. Mutter sagte –«
»Danke. Ja, wundervoll schmecken sie.«
»Und dann müssen wir los. Die Motette fängt erst um sechs an, aber es wird sicher sehr voll sein. Du kommst doch mit, oder hast du keine Zeit?«
»Doch, doch.«
Friederike trank ihren Tee aus. Conrad hatte den

kleinen Schein vor sich liegen und betrachtete ihn. Rentenpfennige, eine halbe Rentenmark. Eine Billion sollte plötzlich eine Mark sein. Gedankenvoll schob er einen Pfefferkuchen nach dem andern in den Mund. Plötzlich sah alles anders aus, freundlicher. Auch die Straßen waren es, als sie miteinander aus dem Haus traten. Es hatte zu schneien begonnen, einzelne Flocken rieselten herab. Conrad schob seinen Arm unter den Friederikes.

»Deine Rentenpfennige bringen mir Glück«, sagte er halblaut, »ich merke es. Vorhin meinte ich, ich müßte aufhören mit dem Studium, ich könnte es meinen Eltern gegenüber nicht mehr verantworten. Wir sind ja sechs Geschwister zu Hause. Es wäre für mich schwer aufzugeben. Aber jetzt denke ich – ich studiere weiter. Und wenn ich noch zehnmal soviel hungern und frieren muß, ich studiere zu Ende. Einmal muß es heller werden. Als du vorhin kamst, als Frau Baum mir sagte, du wärst da, da hatte ich das Gefühl, als ginge mir ein kleines Licht im Dunkeln auf. Vater hat neulich über den Glauben gepredigt, als ich daheim war. Er zitierte ein Gedicht, von Goethe.

Ich habe geglaubt, nun glaub' ich erst recht
und ging es oft wunderlich, ging es oft schlecht,
ich bleibe beim gläubigen Orden.
So dunkel es einst und so trübe es war,
bei drängenden Sorgen, bei naher Gefahr –
auf einmal ist's lichter geworden . . .«

Er schwieg. Sie bogen in die Nürnberger Straße ein, gingen sie entlang, im gleichen Schritt. Friederike war froh, daß sie hier gingen, hier würden sie Mutter und die Brüder nicht treffen. Nun kam der Grimmaische Steinweg.

Die Stadt sah anders aus, weiß überzuckert, eigentlich entzückend. Der Augustusplatz stand voller Buden, um die das Carbidlicht, mit dem ihre kärglichen Waren beleuchtet waren, wie ein Strahlenkranz im Frostnebel lag. »Nachher sehen wir uns an, was es hier gibt«, sagte Conrad und drückte Friederikes Arm ein wenig. Es ging ihr bis ins Herz. ›Nachher‹, hatte er gesagt. Er würde sie also begleiten.

Wenn Mutter und die Jungs mitgingen, konnten sie nicht untergehakt gehen. Dafür taten sie es jetzt.

In der Grimmaischen Straße schoben sich die Menschen auf den Fußwegen, es war, als strebte alles zur Thomaskirche hin.

»Heute singen sie *Es ist ein Ros entsprungen*, aber nicht nach der Melodie von Praetorius, die alle kennen«, sagte Friederike eifrig, »sondern nach der von Reisiger. *Es ist ein Reis entsprungen*«, ganz leise summte sie es, *»aus ein-er-her-her Wurzel zart ...«* die Triole klang süß und zärtlich.

»Ich finde diesen Satz schöner«, sagte Conrad leise. »Er ist unbekannter, aber inniger. Weißt du, woher dieses Lied stammt?«

»Nein, woher denn?«

»Ein Mönch in Trier hat es gedichtet«, erzählte

Conrad, »er fand kurz vor Weihnachten eine Christrose im Schnee. Das hat ihn so gerührt, daß er dieses Lied schrieb. Es ist das älteste Weihnachtslied, das es gibt, soviel ich weiß. *Stille Nacht* ist jünger, etwa erst hundert Jahre alt.«

»Und dann singen sie heute *Laßt alle Gott uns loben für diesen Freudentag*«, sagte Friederike. »Manche Leute finden es am schönsten, wenn sie nur die üblichen Weihnachtslieder singen. Ich nicht, ich finde die alten besonders schön.«

›Sie‹, das waren die Thomaner, Thomasschüler, von neun Jahren aufwärts, Alumnen des Thomas-Gymnasiums, die hier in der Tradition, die der Kantor Johann Sebastian Bach eingeführt hatte, aufwuchsen. Friederike wußte nicht, aber sie ahnte vielleicht, daß dies ein guter Knabenchor war. Darum ging sie jeden Freitag in die Kirche. Oft ging sie auch noch am Samstag mittag um zwei, um die gleiche Aufführung noch einmal zu hören. Die schönste Stunde aber war die abendliche am Freitag, in der es auch einen kurzen Gottesdienst gab. Ein Geistlicher sprach, und vor- und hinterher wurde Orgel gespielt, Bach, auch dies meisterhaft. Conrad und Friederike bekamen noch einen Stehplatz im Mittelgang, von dort konnten sie die Jungen sehen. Es war ein doppelter Genuß, sie auch zu sehen. Sie standen dicht aneinander gedrängt und wegen der Kälte in Mänteln vermummt.

Erst setzte die Orgel ein, mächtig, rauschend. Den Organisten konnte man von hier aus nicht sehen, dazu hätten sie auf die Empore gehen müssen. Friederike sah auch ihm gern zu, wenn er spielte.

Der letzte Ton versummte, und die Zuhörer bewegten sich ein wenig, machten sich bereit, nun den Knabenchor zu hören. Dann wurde es andachtsstill. Diesmal begannen die kleinen Sänger mit den drei böhmischen Liedern: *Kommet, ihr Hirten, Freu dich, Erd und Sternenzelt!* und *O Jesulein zart.* Friederike kannte jeden Ton, sie wußte, daß auch Conrad, der aus einem sehr musikalischen Hause stammte, jeden kannte. Bei *Kommet ihr Hirten* teilte sich der Chor, ein paar Jungen, die die Stimmen der Engel zu singen hatten, mußten sich hinter die Orgel stellen. So klang ihr Gesang wirklich wie aus den Wolken kommend. Die andern antworteten von weiter unten, und beim dritten Vers *Wahrlich, die Engel verkündigen heut* ... vereinigten sich die Stimmen aller. Der Thomaskantor übte die Lieder und Motetten ein, ließ aber einen der Primaner dirigieren. Er saß etwas abseits im Halbdunkel und hörte zu. Der Primaner formte mit den Lippen jedes Wort, das er singen ließ. Wie reines, zartes Silber ertönten die Stimmen der Kleinen, untermalt vom weichen, sanften Baß der älteren Schüler.

»So schön war es noch nie«, sagte Friederike aufatmend, als sie sich, ein wenig vor Conrad, aus dem Hauptportal schieben ließ. »So haben sie noch nie gesungen. Vor allem der Sopran ...«

»Ja. Der kleine Solist mußte dieselbe Stelle voriges Jahr auch allein singen. Ich habe mir sein Gesicht gemerkt. Er trug damals einen Matrosenanzug, da war es nicht so kalt wie heute, wo sie ganz in Mänteln und Schals verpackt waren. Ich kenne einen größeren Thomaner, der hat mir erzählt, es gäbe jedes Jahr oder doch jedes zweite einen traurigen Abschied. Wenn die Kleinen, die im Sopran singen in den Stimmbruch kommen und aufhören müssen.«

»Wenn ich mal Söhne hab', die müssen auch – aber nein, Alumnen sollen sie nicht werden«, sagte Friederike. Sie standen nebeneinander am Eingang und ließen die Menschen an sich vorbeigehen. »Nein, dann müßten sie ja am Heilig Abend singen, und am ersten Feiertag und am zweiten. Leid tun können sie einem, die kleinen Musikengel, die großen Künstler – nichts als Pflicht und nochmal Pflicht. Nicht einmal zur Bescherung dürfen sie heim.«

»Möchtest du Söhne haben?« fragte Conrad und sah auf sie herunter. Friederike erwiderte seinen Blick.

»Ja. Viele. Und alle sollen ...« – ›so aussehen wie du‹, hatte sie sagen wollen. Zum Glück verschluckte sie es noch rechtzeitig. Was um Himmels willen hätte er denken müssen!

»Dort steht deine Mutter, siehst du sie?« fragte Conrad jetzt. Friederike hob sich auf die Zehen. Mutter hatte sie und Conrad auch gerade erspäht.

»Da seid ihr ja – na, war es nicht wieder wunderbar! Ich habe so viel zu tun, aber das lasse ich mir nicht nehmen. Die Motette muß ich hören, da kann es zu

Hause drunter und drüber gehen.« Sie schwatzten miteinander, während sie über den naßglänzenden Asphalt gingen. »Hast du Zeit, Conrad? Bringst du Friederike nach Hause? Ich habe versprochen, noch bei Frau Gebhard vorbeizusehen, sie hat eine Grippe, vielleicht kann ich ihr etwas helfen. Und du machst inzwischen Abendbrot, Friederike, ja? Ich hole auf dem Rückweg Vater ab, es wird ein bißchen später. Ja, der Kartoffelsalat ist fertig, aber Tee mußt du machen, und –«. Sie gab noch ein paar Anweisungen. Dann verabschiedete sie sich, Conrad und Friederike winkten zurück und gingen dann rechts um die Kirche herum, am alten ›Herrn Bach‹ vorbei. Hier trafen sich die jungen Leute, die in der Kirche gewesen waren.

»Nun muß ich dich also heimbegleiten, deine Mutter hat es befohlen«, sagte Conrad. Friederike lachte.

»Ja. Wir tun alles, was uns aufgetragen wird. Fällt es dir sehr schwer?«

»Enorm«, sagte er und drückte ihren Arm. »Sieh mal, es schneit jetzt mehr. Vielleicht ist es ganz weiß, wenn wir heimkommen.«

Am Augustusplatz verließen sie den Fußsteig und gingen in einen der schmalen Gänge hinein, die hier zwischen den Buden entlangführten. Sie bewunderten helle Holzlöffel, buntlackierte Engel und Bergmänner aus dem Erzgebirge und rochen den brandig-süßen Geruch gebrannter Mandeln, die natürlich Haselnüsse waren. Billige Stoffsachen hingen da, noch nach Billionen ausgezeichnet, Küchengeräte, Förmchen zum Ausstechen von Teig. Friederike sagte:

»Ich hab' noch ein zweites Päckchen für dich, ich wollte bloß nicht damit herausrücken, als Frau Baum dabei war. Sie denkt sich sonst wer weiß was. Du machst es aber erst zu Hause auf, ja?« Sie steckte es ihm zu. »Hier.«

»Danke. Und warum darf ich nicht gleich?«

»Womöglich zerbricht es ...«

»Kennst du *›Die Legende vom Peitschchen‹* von Binding?« fragte sie nach einer Weile. »Die handelt auch von Leuten auf dem Weihnachtsmarkt, von der Besitzerin einer Bude, in der Kinderspielzeug verkauft wird. Puppen und Luftballons, Kreisel und Peitschen. Sie fängt an: *Als das Jesuskind durch Flandern zog, und es kannte nun schon fast die ganze Welt, kam es mit seiner Mutter am Morgen eines Weihnachtstages in der großen Stadt Gent an.* Heute in der Schule wußte ich als einzige aus meiner Klasse, wo Gent liegt. ›In Flandern‹ sagte ich. Das kam nur von dieser Geschichte. Vater liest sie uns jedes Jahr vor, auch den *Weihnachtsabend* von Dickens mit den vielen Geistern, und *Sankt Nikolaus in Not* von Timmermanns. In der Zeit vor Weihnachten lesen wir jeden Abend vor.«

»Ihr habt es schön zu Hause. Wir aber auch. Wir haben immer viel musiziert, wir sind doch sechs, Mutter spielt Klavier, und wir Geige, Cello und Blockflöten. Das ist auch schön, in der Adventszeit miteinander Musik zu machen. Jetzt ist freilich niemand mehr zu Hause außer meiner einen Schwester.«

»Die damals da war, als wir mit dir gefahren sind, Jörg und ich? Die ist prima. Wir haben damals auch immerzu gesungen, sie und ich, nur eben noch keine Weihnachtslieder.«

»Es gibt so schöne alte. *Und unser lieben Frauen der traumete ein Traum ...*«

»Ja, kenne ich, von Heide. Auch *Maria durch ein Dornwald ging*. Die beiden gehören für mich zusammen, wahrscheinlich, weil ich sie am selben Abend gelernt habe, in unserm Wandervogelnest.«

»Wann habt ihr denn da eure Nestabende?« fragte Conrad nach einer Weile.

»Mittwochs.«

»Da könnte ich dich doch auch mal abholen ...

Guck mal, ein Herz. *Ich liebe dich,* steht drauf. Soll ich es dir kaufen?« fragte Conrad. Sie standen vor einer Bude, an deren Wänden lauter Pfefferkuchenherzen hingen, manche mit Namen, manche mit Sprüchen, auch hier noch die Billionenpreise daran.

»Aber –« Friederike wußte nicht, was für ein Gesicht sie machen sollte, so verlegen war sie. Dann hielt sie das Päckchen in der Hand, das Herz, eingeschlagen in dünnes weißes Seidenpapier.

»Danke, Conrad«, sagte sie erstickt. Er sah sie an, hier im Licht der Christmarkt-Buden, durch das wieder Schneeflocken taumelten, langsam, dichter und dichter. Und dann legte er den Arm um ihre

Schultern und führte sie mit sich, aus dem Gedränge der Schaulustigen und Kaufenden heraus, dem Platz zu, wo man hinter dem zarten Schneeschleier den Turm der Johanniskirche mehr ahnte als sah. Hier war es ruhiger, und man konnte nahe beieinander gehen, im gleichen Schritt. Sie sprachen nichts mehr, bis sie vor Friederikes Elternhaus angekommen waren.

»So weit wollt ihr? Bis Thekla? Das ist aber eine tüchtige Strecke«, sagte Mutter bedenklich. Heide lachte. Sie hatte eine reizende Art, mit Erwachsenen umzugehen, gleichzeitig bescheiden und keck und sich ihres Charmes bewußt. Friederike hatte sie durch inständiges Bitten dazu gebracht, mit herauszukommen und die Erlaubnis abzubetteln, diese Fahrt mitmachen zu dürfen.

Draußen lag hoher Schnee. Er hielt sogar in der Stadt, da die Straßenbahner streikten und nirgends geschippt wurde. Noch nie hatte man erlebt, daß es solch ein Weihnachtswetter gab, und eine weite Schneewanderung war natürlich etwas Verlockendes.

»In Thekla treffen wir uns mit ein paar Jungens, die haben dort ihr Nest, da können wir Kakao kochen und uns aufwärmen und ausruhen. Friederike soll Schuhe zum Wechseln mitbringen, am besten warme. Wir übernachten ja nicht, sondern gehen Sonntag früh los und sind abends wieder da. Bitte, sie darf doch mit!« bettelte Heide. Aber so leicht gab Mutter nicht nach. Sie war ängstlich, daß den Mädchen unterwegs etwas zustoßen könnte in diesen unruhigen Zeiten, und Vater liebte die Wandervogel-Ideale überhaupt nicht. Er fand es disziplinlos, sich sonntags, räubermäßig angezogen, in den Wäldern herumzutreiben, und Sorge, daß der Tochter etwas passieren könnte, hatte er natürlich auch.

»Ihr beide allein? Und was für Jungens sind denn das, mit denen ihr euch trefft?«

»Wandervögel aus Torgau. Wir wollen dort ein Adventssingen machen. Meine Brüder gehen auch mit.«

»Und wenn euch was passiert? Ich meine, es braucht ja nur eins von euch sich den Knöchel zu verstauchen, was dann? Fahrgelegenheiten gibt's nicht. Wie wollt ihr denn dann weiter?«

»Wir verstauchen uns doch keinen Knöchel!« lachte Heide. »Und weit! Da haben wir schon ganz andere Fahrten gemacht. Bis Thekla sind es höchstens fünfzehn Kilometer.«

»Und was wollt ihr machen, wenn wirklich etwas passiert? Eine Straßenbahn geht dort hinaus nicht, die Eisenbahn kann niemand bezahlen. Also –«

»Warum soll denn ausgerechnet morgen etwas passieren! Berge gibt's dort nicht, die wir hinunterfallen, und auf den Wegen, die wir laufen, fallen wir bestimmt nicht auf die Nase. Also ich hole Friederike ab, oder noch besser: wir treffen uns an der Pappel. Dahin komme ich von Marienborn her und

Friederike von hier, und von dort aus marschieren wir gemeinsam los.«

»Ich weiß nicht. Nein, ich kann es nicht verantworten«, sagte Mutter. Es klang angstvoll. »Vater ist nicht da, was soll ich ihm denn sagen, wenn er morgen früh aufsteht und du bist fort. Und abends kommst du nicht, oder später. Ja, immer kommst du später als du sagst, ich habe es oft erlebt. Und ich sitze hier wie auf Kohlen! Nein, ich kann es nicht erlauben.«

Es war Samstag nachmittag. Vater, sonst um diese Zeit daheim, hatte eine Besprechung mit irgendeinem Mitarbeiter und war vor Abend nicht zu erwarten. So lange konnte Heide keinesfalls hierbleiben. Sie war jetzt schon ungeduldig, Friederike merkte es und wurde immer verzweifelter. Nie, nie würde sie den fliegenden Greif tragen dürfen, wenn sie nicht wenigstens ein paar Tagesfahrten mitgemacht hatte. Größere Fahrten, bei denen übernachtet wurde, erlaubten die Eltern schon gar nicht.

»Aber Mutter –« sie war den Tränen nahe. Heide ärgerte sich. Solch ein Theater! Ihre Eltern waren selbst Wandervögel und ließen ihre Kinder auf Fahrt gehen, so viel sie wollten.

»Vielleicht geht Jörg mit?« fragte Mutter jetzt. Aber Jörg war nicht zu Hause, und Friederike meinte auch, er würde ihr diesen Gefallen nie tun. Seine Interessen galten dem Fußball, aber niemals irgendwelchen Wanderungen in der Umgebung, und über Heide pflegte er spöttische Bemerkungen zu machen, allerdings nur, wenn sie nicht dabei war. Er tat es, um Friederike zu necken, sie aber war in diesem Punkt überempfindlich und brach in Tränen aus, wenn er über ›dieses Mädchen‹ spottete.

»Jörg hat sicher keine Lust.«

Es war hoffnungslos.

»Und Andreas?« Friederike merkte, daß sie gleich zu heulen anfangen würde, da klingelte es. Alle horchten auf. Friederike rannte zur Glastür und öffnete: Conrad. Sie wußte einen Augenblick lang nicht, ob sie sich freuen sollte – es war, seit sie sich heimlich mit ihm duzte, so schwer, im Beisein der Eltern ihm gegenüber harmlos zu tun, und mit Heide erst recht. Mutter schien erleichtert, daß er es war. Er begrüßte sie und Heide, und dann ging es sofort los.

»Nicht wahr, Conrad, Vater hat doch recht, wenn er nicht möchte, daß die Mädels allein auf Fahrt gehen«, setzte sie an, und dann bekam Conrad alle ihre Bedenken zu hören. Er schwieg und wartete, bis Mutter schloß: »Gelt, ich kann das keinesfalls erlauben, über seinen Kopf weg? Das muß Friederike doch einsehen!«

»Hm.« Conrad hatte Friederikes Blick gesehen und richtig gedeutet. »Und wenn ich nun mitginge?«

Er sagte es halblaut und überlegend. Friederike hatte das Gefühl, als stünde ihr Herz still vor Span-

nung. Mit Conrad einen ganzen Tag unterwegs, im Schnee, bei dem herrlichen Wetter! Und mit Heide!
»Hättest du denn Zeit?« fragte Mutter zögernd.
Conrad wiegte den Kopf.
»Eigentlich wollte ich ja – ach, das läßt sich verschieben. O ja, ich könnte schon. Wann trefft ihr euch denn? Da muß man ja zu grausam früher Stunde raus.« Er lachte sein herzliches, ein wenig spöttisches Lachen, das aber niemals weh tat.
»Und wenn unterwegs etwas passiert?«
»Wir können ja einen Schlitten mitnehmen«, sagte Conrad vergnügt. »Wer den Knöchel bricht, wird draufgesetzt. Furchtbar einfach. Oder ist das unzünftig?« fragte er und blinzelt zu Heide hinüber.
»Weshalb denn? Gut, nehmen wir einen Rodelschlitten mit. Und die Torgauer Jungen sind nett, na, und meine Brüder auch, die werden dir schon gefallen«, sagte sie. Sie sagte unbefangen und wie selbstverständlich du zu Conrad. Friederike hielt einen Augenblick den Atem an. Und dann, wahrhaftig, kam der große Moment, wo Mutter ›also meinetwegen‹ sagte. Friederike wäre ihr am liebsten um den Hals gefallen, aber seit einiger Zeit hatte sie eine merkwürdige Scheu davor, Mutter nahe zu kommen. Sie mochte es auch nicht, wenn Mutter von sich aus ihr einen Kuß geben oder sie streicheln wollte. Es war, als habe ihre Seele irgendwie Stacheln bekommen, die sich aufrichteten, sobald sich ihr jemand näherte. Mutter war gekränkt, wenn sie ihr auswich, und Friederike fand sich selbst ab-

scheulich, aber sie vermochte es nicht zu ändern. So auch heute.

»Na, freust du dich? Du könntest dich jedenfalls bedanken«, sagte Mutter betrübt, als Heide gegangen war und auch Conrad sich verabschiedet hatte. Friederike preßte ein »danke« hervor und verschwand schleunigst in ihre winzige, eiskalte Stube.

Sie hatte erreicht, was sie wollte, und daß Conrad nun mitging – trotzdem war sie nicht froh. Sie war verwirrt und unsicher, selig und voller Angst. Vielleicht verliebte sich Conrad jetzt in Heide? Sie hatte Angst, daß Conrad und Heide sich vielleicht nicht oder zu gut verstehen könnten, daß Heides Brüder ihn vielleicht nicht ›richtig‹ fanden, daß die Torgauer Jungen, mit denen sie sich treffen wollten, über ihn spotten könnten, man wußte ja nicht, wie sie waren.

Vater war wirklich nicht erbaut davon, als er am späten Abend von Mutters Erlaubnis hörte.

»Muß denn immer ›auf Fahrt‹ gegangen werden, die Kinder können doch mit uns spazieren gehen«, sagte er. »Diese ganze Wandervogel-Geschichte ist etwas für junge Leute, die kein Zuhause haben oder Eltern, die sich nicht um die Kinder kümmern. Kinder gehören zu ihren Eltern, auch sonntags.«

»Nun habe ich es aber einmal erlaubt«, sagte Mutter verzagt, »und wenn Conrad mitgeht –«

»Na ja, auf Conrad ist Verlaß«, brummte Vater und war schon wieder bei seinen Korrekturbögen, »sie haben aber vor Dunkelwerden wieder da zu sein,

schärfe ihnen das bitte ordentlich ein, ja? Wenn sie wieder länger bleiben, ist es aus und vorbei mit ›auf-Fahrt-gehen‹, ein für alle mal, mache ihr das klar.«
Ob ich das durchsetzen kann, daß wir so zeitig wieder da sind, ich weiß nicht, dachte Friederike voller Angst, als Mutter sie noch einmal ins Gebet nahm. Jetzt hatte sie eigentlich nur noch das Gefühl: Unheil, nimm deinen Lauf! Sie würde die ganze Zeit Angst haben, ob sie auch rechtzeitig heimkämen. Mutter war noch einmal an ihr Bett gekommen und hatte mit ihr gesprochen, weil sie merkte, daß Friederike noch Licht hatte.
»Und sei morgen früh recht leise, damit du Vater nicht störst, ihm geht's gar nicht gut, und Sorgen hat er ...«
Friederike konnte nicht einschlafen. Sie dachte an morgen und an den Tag, als Conrad sie abends von der Motette heimgebracht hatte. Und dann fiel ihr ein Lied ein, plötzlich, wie das manchmal so ist. Ein Fetzen von einem Lied geht einem durch den Kopf, als habe es soeben jemand gesungen.

Das gibt ein seliges Reisen,
das gibt eine glückliche Fahrt ...

Es war ein geistliches Volkslied, sie kannte es von Conrad. *Auf Adlers Flügeln getragen* fing es an. Er hatte es manchmal früh gesungen, wenn er hier in Andreas Zimmer wohnte und sich wusch. Conrad war kein Wandervogel, und dies Lied gehörte auch nicht in den *Zupfgeigenhansl*, das wußte sie. Aber Text und Melodie waren so getrost und voller Zuversicht. So kam es, daß sie doch noch einschlief, nachdem sie sich lange hin und her gedreht und keinen Schlaf gefunden hatte. Sie lächelte im Traum, ohne es zu merken.

Am andern Tag mußte sie feststellen, daß Mutter schon Recht hatte mit ihrer Ansicht über Heides Zuverlässigkeit. Als sie an der Pappel stand, jenem Baum an der Ausfallstraße, nahe beim Völkerschlachtdenkmal, an dem man sich traf, wenn man auf Fahrt ging, eine eintägige Fahrt aus Leipzig heraus gen Osten, erschien da keine Marienborner Geschwisterschar, weder zum verabredeten Zeitpunkt noch eine Viertelstunde danach, und es war ihr sehr peinlich Conrad gegenüber. Der ließ sich indessen nichts von Ärger anmerken, sondern ging hin und her, pfiff leise vor sich hin, und atmete die herrliche Morgenluft, die hier, schon außerhalb der Stadt, frisch und prickelnd war. Einmal wagte sie zu sagen, daß Heide vielleicht, ohne dafür zu können ... »Ach, ob sie kommt oder nicht, ist doch egal«, antwortete Conrad und lachte vergnügt. »Wir haben einen ganzen Sonntag im Schnee vor uns, ist das nichts?« Und da war Friederike beinahe ein bißchen enttäuscht, als gleich darauf Heides Wandervogelpfiff ertönte: *Nach Süden nun sich lenken die Vöglein allzumal ...* Da kam sie also, zwar ohne Brüder, also wiedermal anders, als sie gesagt hatte, aber immerhin. In ihrer Windjacke, ohne Mütze, das Gesicht schon jetzt gerötet und frisch und sehr hübsch. Friederike fühlte wieder einmal, wie stolz sie war, sich als Heides Freundin zu fühlen, gerade Conrad gegenüber. Sie begrüßten einander mit Händedruck und dem üblichen »Heil!« Hoffentlich fand Conrad das nicht albern.

»Meine Brüder sind nicht aufgestanden«, sagte Heide unbefangen, »mögen sie schnarchen. Wir sind uns selbst genug!« sagte sie und steckte die Hände in die Windjackentaschen, »los, vorwärts, jetzt wird getippelt. Kannst du singen, Conrad?« fragte sie gleich darauf. Er lächelte.

Es stellte sich heraus, daß die beiden, Heide und Conrad, in bezug auf Lieder geradezu unwahrscheinlich gut zueinander paßten. Groß war ihr Vorrat, unerschöpflich, Heide hatte ganze Liederbücher selbst geschrieben und mit Texten gefüllt, die man nirgends gedruckt fand. Friederike wußte das. Im Sommer einmal auf einer Fahrt nach Grimma hatten sie einen halben Sonntag damit verbracht, zu singen; es goß, und sie saßen in einem alten Turm, der dort die Jugendherberge darstellte, nur Heide und sie. Damals hatte Friederike erstmals gewagt richtig mitzusingen, weil niemand außer ihnen dabei war. *Ein Franzose wollte jagen* – und *Zogen einst fünf wilde Schwäne* – und *Dort niedn in jenem Holze* –. Heide konnte fast zu jedem Lied eine Oberstimme, und es machte Spaß, zweistimmig zu singen. Seit damals genierte sich Friederike nicht mehr, eine Stimme allein zu singen; früher hätte sie das nie gewagt, und Zensurensingen in der Schule bedeutete ihr eine unbeschreibliche Qual. Jetzt, da auch Conrad diese Lieder konnte und unbefangen einstimmte, sobald Heide eins anfing, fielen alle diese Beklemmungen von ihr ab, und es war, als hätten sie schon viele Jahre so miteinander gesungen. Und es lief sich so herrlich dabei. Der Schnee verhüllte freundlich die recht eintönige, ja nüchterne Landschaft; dies waren im Sommer Rübenfelder oder Kartoffeläcker, kein Baum ringsum, kein Strauch. Aber unter der Schneedecke sah das Land beinahe schön aus, auch waren die Kinder Leipzigs bescheiden in bezug auf Landschaft. Sie kannten es nicht anders, als daß die Welt eintönig und eben vor ihnen lag, wenn man nicht in die Dübener Heide oder die Gegend Rochlitz-Grimma fuhr, an die Mulde, oder noch weiter, ins Erzgebirge oder Vogtland. Dies aber waren große Fahrten, die nicht an einem Sonntag zu machen waren. Friederike hatte noch nie auf eine solche Fahrt mitgedurft, jetzt war sie selig, hier sein zu können.

Wenn ich groß bin, erlaube ich meinen Kinder immer, auf Fahrt zu gehen, nahm sie sich vor, und dann stimmte Conrad das schalkhafte Lied von den Pinzgauern an, die wallfahren gehen wollten. Sie kannte es noch nicht, lernte es aber schnell. Er sprach den Text vor, und dann sangen sie es im Wechsel, Heide die eine, Conrad die andere Stimme, so daß sie sozusagen zwei Chöre bildeten,

die einander antworteten. Friederike hielt sich an Heide. Es machte viel Vergnügen, je mehr und je komischere Verse sie sangen. Schließlich waren es keine Verse mehr, die überliefert waren, Friederike merkte, daß Conrad sich welche dazu ausdachte, wie bei den Schnadahüpferln. Heide ging lustig darauf ein, und Friederike war stolz auf beide.
Es war kurz nach Mittag, als sie Thekla vor sich sahen. Der Ort, wenig schön und bescheiden, ja ärmlich, besaß immerhin eine alte Wehrkiche, und Conrad meinte, sie wollten sie doch nachher einmal ansehen. Ob man hineinkönne? Heide sah keine Schwierigkeit, sie erreichte eigentlich überall und immer, was sie wollte. Erst aber, so meinte sie, könne man ja in die Jugendherberge und sich ein wenig aufwärmen und ausruhen, vielleicht seien die Torgauer schon da. So durchquerten sie den Ort, und Heide ging in ein etwas abseits gelegenes Gebäude hinein, um sich den Schlüssel geben zu lassen. Sie bekam ihn, und dann standen sie vor der Jugendherberge, einem alten, kleinen, als Wohnhaus ausrangierten Häuschen, das wirklich romantisch aussah, mit niedriger Haustür und altmodischem Klingelzug.
Der Schlüssel paßte. Heide ruckte und bekam die Tür erst einmal nicht auf, Conrad half. Dann traten sie ein. Durch einen dunklen Flur kamen sie in einen Raum, in dem Bänke an der Wand entlang standen und ein großer Adventskranz von der Decke hing. In einer Ecke ein Herd, daneben Tannenzapfen in

einer Kiste und Feuerholz. Heide entzündete eine Kerze und machte sich sogleich daran, ein Feuer zu entfachen.

»Hole Schnee, der Brunnen ist sicher eingefroren«, sagte sie zu Conrad und schob ihm einen alten Topf hin, dessen Henkel aus einem gebogenen Draht bestand. Conrad lachte leise.

»Schnee gibt scheußliches Wasser, schwarzes«, sagte er, »und zu wenig. Ich gehe lieber zum Bauern und lasse mir dort Wasser geben.«

»Soll ich mitkommen?« fragte Friederike. Sie hatte sich auf die Bank neben den Herd gehockt, die Schuhe abgestreift; der eine drückte seit einiger Zeit, und sie hatte eine große Blase an der Ferse, von der sie natürlich nichts verlauten ließ. So saß sie mit angezogenen Beinen und guckte ins Feuer, das zwischen den Holzspänen und Tannenzapfen züngelte. Es roch herrlich nach Kien, Rauch und Wärme, obwohl es noch so kalt im Raum war, daß man den Hauch sah.

»Bleib nur sitzen, ich hole es schon«, sagte Conrad und ging. Friederike blinzelte. Sie war im Augenblick wohlig müde und hätte sofort einschlafen können, so meinte sie. Heide wirtschaftete mit Herdringen und Kohlenzange und summte dabei vor sich hin.

»Die Torgauer haben wohl auch lieber weitergeschlafen, als daß sie sich aufrafften und hertippelten«, sagte sie einmal, und Friederike, die soeben dasselbe gedacht hatte, seufzte zufrieden.

»Du meinst, sie kommen nicht mehr?«
»Sonst wären sie schon da. Na, mögen sie.«
Ja, mögen sie, dachte Friederike. Wer weiß, ob sie sich mit Conrad vertrügen – daß es mit Heide in Ordnung ging, wußte sie nun. Als er wieder hereinkam, hatte sie tatsächlich geschlafen, richtig, tief, ein paar Sekunden oder Minuten lang, Heide konnte es kaum gemerkt haben. Es hatte sie wunderbar erfrischt. Sie sprang auf, um Conrad den Topf mit dem Wasser abzunehmen, damit er die Tür hinter sich zumachen konnte.
»Laß, du bist ja in Strümpfen«, sagte er und stellte den Wassertopf auf den Herd, schloß selbst die Tür und kam zu ihr herüber, »komm, du kriegst meine Hüttenpatschen, sicher hast du eiskalte Füße.«
Ehe sie es verhindern konnte, hatte er ihr ein Paar grobgestrickte, sicherlich aus alter, aufgeribbelter Wolle hergestellte unförmige Hüttenschuhe über die Füße gestreift und betrachtete sie lächelnd.
»Fünf Nummern zu groß, macht nichts«, sagte er. Friederike fühlte seine Fürsorge wie einen warmen Mantel um sich, wieder sah sie das Bild der alten Windjacke, die sich in einen grauen Herrenmantel schmiegte. »Eine meiner Schwestern hat sie mir verehrt, zu meinem Geburtstag«, erzählte er und lachte leise in sich hinein, »wir Männer sind zwar alle der Meinung, daß Hausschuhe sozusagen einen Scheidungsgrund darstellen, solche aber nicht. Tun sie wohl, Friederike, oder schlappen sie sehr?«
»Herrlich wohl. Danke. Und du?«

»Ich habe sie für dich mitgebracht, nicht für mich«, sagte er, am Herd beschäftigt, »laß mich das Feuer übernehmen, Heide. Ich bin Spezialist. In drei Minuten kocht das Wasser, wetten?«

Heide lachte und machte ihm Platz, rührte in einem hohen, blaugemusterten Milchtopf Kakao und Zucker in kaltem Wasser an. Es war unvergleichlich gemütlich, hier zu hocken und den beiden zuzusehen, vor allem, als Conrad dann die buntgewürfelten Vorhänge vorzog und die Kerzen am Adventskranz entzündete. Und dann gab es heißen Kakao zu den mitgebrachten Margarinebroten, die auf einen bunten Teller gestapelt wurden und die man untereinander tauschte. Friederike meinte, noch nie einen solchen Kakao getrunken zu haben.

»Wie kommt das nur, daß er so schmeckt? Bei uns gibt es jeden Sonnabend Kakao, aber so schmeckt er nie.«

»Weil Milchpulver drin ist, ich hatte welches mit«, sagte Heide. »Wir bekommen manchmal Liebesgabenpakete aus Amerika. Da ist meist Magermilchpulver drin, schmeckt wunderbar. Ich habe einfach welches mitgenommen, meine Mutter schlief heute früh noch.«

»Und wenn sie es merkt?«

»Na, ich werde wohl etwas auf Fahrt mitnehmen können«, sagte Heide und lachte. Friederike fühlte wieder einmal die schmerzliche Sehnsucht, so sein zu können wie diese Freundin. Nie würde sie das erreichen...

Sie tranken und fühlten die Wärme sich herrlich im Körper ausbreiten, schauten in die Flammen der Kerzen und unterhielten sich leise. Dann zog Conrad eine Mundharmonika aus der Tasche und begann ein wenig zu spielen, Heide summte mit. Nie sollte dies ein Ende nehmen, dachte Friederike, obwohl bereits die Unruhe in ihr aufzusteigen begann, ob sie auch rechtzeitig nach Hause kommen würden. Mutter ängstigte sich immer sofort, und Vater hatte gesagt...

»Wollen wir noch die Kirche ansehen?« fragte Conrad schließlich. Heide nickte.

»Gern, erst aber...« und Friederike, die das als Zeichen zum Aufbruch nahm, sprang auf und begann abzuwaschen. Die Becher, die auf die Wandborde gehörten, den Kakaotopf, sie wischte den Tisch sauber und fegte schließlich den Fußboden. Heide half, während Conrad dafür sorgte, daß kein Funke im Herd zurückblieb. Der Raum sah sauber und ordentlich aus, als sie die Kerzen ausbliesen, und Friederike merkte, daß es draußen schon zu dämmern begann.

»Wie lange brauchen wir denn zurück?« fragte sie ein wenig unsicher, als sie das Haus abgeschlossen hatten.

»Um acht sind wir daheim«, sagte Heide, »es ist noch nicht spät. Es sieht nur so dämmrig aus, weil es bedeckt ist, sicher gibt es wieder Schnee.« Sie witterte empor. Um acht... Friederike versuchte sich zu sagen, daß dies nicht zu spät sei, weil ja Conrad mit war. Wenn er sie heimbrachte und mit zu den Eltern heraufkam, konnte sie hoffen, daß es glimpflich ablief. Trotzdem wäre sie lieber nicht mit in die Kirche gegangen. Aber Conrad wollte sie ansehen, und Friederike wagte nicht, etwas dagegen einzuwenden.

Wir gehen dann eben schneller, versuchte sie sich zu trösten, und nun waren sie auch schon am Friedhof, der die alte, steinerne, aus dicken Quadern erbaute Kirche umgab. Wehrkirche, Burg Gottes, mit winzigen Fenstern, die mehr nach Schießscharten als nach Lichtbringern aussahen.

»Hoffentlich können wir hinein«, sagte Conrad. Da aber erlebten sie eine Überraschung.

Durch den Ort, den sie soeben durchquert hatten, sahen sie einen Zug Kinder sich nähern, geführt von einer dunklen Gestalt, einer Nonne oder Kinderschwester, man konnte das nicht unterscheiden. Dunkel und lang gekleidet, glich sie mehr einer Märchengestalt als einer lebenden Person, das Gesicht blaß, aber seltsam schön unter der weißen Stirnbinde unter dem dunklen Tuch, das sie darüber trug. Man sah nur einen Teil der Stirn und der Wangen, es war gleichsam ausgespart und in den Linien vereinfacht, wie aus Stein gemeißelt, dabei nicht leblos, sondern erfüllt von einer stillen Güte. Hinter ihr gingen die Kinder zwei und zwei nebeneinander, im Alter von etwa drei bis fünf Jahren, vorschulpflichtige und ein paar größere. Diese waren offensichtlich ältere Geschwister der kleineren, sie

führten hie und da welche an der Hand. Die meisten aber gingen allein, die Händchen zusammengelegt um eine brennende Kerze, die sie sorglich vor sich hertrugen und deren Flammen im Luftzug zuckten. Manchmal ging eine aus, und das Kind mußte sie wieder entzünden, an der Flamme des Nachbarkindes, das war immer aufregend und gab kurze Aufenthalte. Heide war stehengeblieben und ließ den kleinen Zug an sich vorbeigehen, und Friederike wagte einen Blick zu Conrad hinauf. Er, in einem evangelischen Pfarrhaus aufgewachsen, würde doch nicht spöttisch oder abweisend sein?
O nein. Wie konnte sie nur auf solche Gedanken kommen! Conrad betrachtete die kleinen Wallfahrer mit einem gerührten und liebevollen Blick, den Friederike nie vergaß, seltsam entrückt und sehnsüchtig und voller Zärtlichkeit. Friederike meinte, er habe noch nie so schön ausgesehen. Schönheit kommt von innen, dachte sie, o Conrad ... da war der Zug vorbei. Ohne ein Wort der Verständigung schlossen sie sich ihm an, alle drei.

Die Nonne schob die schwere Kirchentür auf und blieb stehen, eine Hand an der Klinke, während die kleinen Lichtträger unter ihrem Arm hindurch ins Gotteshaus gingen, immer noch zwei und zwei. Als Heide, Conrad und Friederike zu ihr traten, mit fragendem Blick, lächelte sie. Dann waren sie alle in der Kirche, und die dicke Holztür knarrte zu.
Die Kinder waren durch den Mittelgang nach vorn

gegangen und standen jetzt im Halbkreis vor dem Altar. Heide ging auf Zehen hinter ihnen her, und Conrad und Friederike folgten. Sie setzten sich alle drei lautlos in die zweite Bankreihe. Vor dem Altar war eine Krippe aufgebaut, ein Stall, halbhoch, strohgedeckt, darin, in Holz geschnitzt, die heiligen Figuren, offensichtlich alt. Die Kerzen der Kinder beleuchteten die Gestalten mit flackerndem Licht, so daß sie fast lebendig wirkten. Das Ganze hatte etwas Märchenhaftes und Schlichtes und rührte ans Herz, zumal die Kinder jetzt, auf das Zeichen der Nonne hin, zu singen begannen.
Sie hatten nicht die Klarheit der Thomaner, sondern sangen, wie Dorfkinder und überhaupt Kinder singen, die nicht geschult sind, sondern für sich singen, Kinder-, Abend- und eben Weihnachtslieder, unbefangen, ein wenig grell, hoch.

Ich steh' an deiner Krippe hier,
O Jesu, du mein Leben,
ich stehe, bring' und schenke dir,
was du mir hast gegeben –

Conrad summte die zweite Stimme, Heide sang die erste mit, ganz leise, mit nur angedeuteter Kopfstimme. Friederike lauschte, die Worte im Geist mitdenkend. Noch nie hatte sie so deutlich empfunden, welches Wunder darin liegt, daß Gott seinen Sohn zur Erde schickte, nicht nur damals, sondern jedes Jahr wieder, seinen strahlenden Sohn in eine armselige Krippe legte, der Menschheit zuliebe.

Ich lag in tiefer Todesnacht,
du wurdest meine Sonne –

und dann das schlichte Wiegenlied: *O Jesulein zart.* Wie lange sie in der Kirche blieben, wußte Friederike nicht. Schließlich formierte sich der Zug der Kinder und wanderte dem Ausgang zu, geführt von der Nonne. Ein kleiner Junge kam noch einmal zurückgelaufen, seine Kerze war verlöscht, und er wollte sie an einer von jenen, die die Krippe umstanden, wieder anzünden. Er beugte sich vor, hielt sie in der Aufregung schief, wurde halblaut gerufen, wohl von seiner größeren Schwester, wackelte, das Flämmchen, soeben wieder aufgeleuchtet, ging wieder aus, er versuchte es noch einmal und fiel vornüber. Und da war es schon geschehen. Seine Kerze rollte in das trockene Moos, das den kleinen Stall umgab, und das fing sogleich Feuer. Friederike sah es, sie sah das entsetzte Gesicht des Kleinen und erstarrte im Augenblick vor Schrecken, da war Conrad schon hinzugesprungen. Er mußte erst seitlich aus der Bank heraus, da sie ja nicht in der ersten, sondern in der zweiten Reihe gesessen hatten, dadurch verlor er einen Augenblick Zeit. Trotzdem erreichte er das Kind, das vornüber in die Flammen gefallen war, sehr schnell, riß es zurück und drückte es an sich, um die Flammen zu ersticken. Neben ihm stand im selben Moment, geistesgegenwärtig und furchtlos, Heide und schlug mit einem Teppich, den sie vom Boden gerafft hatte, auf die Flammen ein.

Da kam auch Leben in Friederike. Sie sah sich um. Auf der anderen Seite des Altars lag ein ähnlicher Teppich. Sie bekam ihn zu fassen und tat es Heide nach, und im ersten Augenblick, da sie gemeinsam auf das Feuer einschlugen, sah es aus, als würde es sofort erstickt. Das gab ihnen Mut und Zuversicht.

»Wir kriegen es aus, los, weiter!« hörte sie Heide rufen.

Conrad hatte inzwischen seine Windjacke abgerissen und den kleinen Jungen hineingewickelt. Die Nonne, durch das entsetzte Geschrei der Kinder aufmerksam gemacht, war umgekehrt und stand neben ihm. Friederike sah dies alles, während sie weiter auf die Flammen einschlug.

»Zum Arzt!« hörte sie Conrad sagen. Sie sah noch, wie er das Kind in die Arme der dunklen Gestalt legte, dann war er neben ihr, und nun hatte das Feuer keine Chance mehr, sich weiterzufressen. Die naheliegende Gefahr, daß der strohgedeckte Stall auflodern würde, hielt Conrad in Schach, indem er, umsichtig und schnell entschlossen, das Feuer erst an dieser Seite austrampelte, ehe es emporzüngeln konnte. Es gelang. Binnen weniger Augenblicke hatte er es geschafft.

Sie standen, schnell atmend, mit trocknen Lippen und rasenden Herzen, und sahen einander an. Die Kinderschar hatte ein größeres Mädchen aus der

Kirche geschoben. Sie fanden sie davor, ein verstörtes Häuflein, manche weinend.
»Geht heim, dem Christkind ist nichts passiert«, tröstete Heide und nahm eins an der Hand, so daß die andern folgten. »Kommt, es wird dunkel, ihr müßt zu Mutter nach Hause.«
»Wo wohnt denn hier der Onkel Doktor?« fragte Conrad ein größeres Kind. Es war ein Mädchen mit zwei langen, rötlichen Zöpfen und einem Gesicht, mit Sommersprossen übersät wie ein Sternhimmel mit Sternen. »Dort drüben, das nächste Haus!« sagte es und wies hinüber. Conrad nickte ihm zu und ging hin, Heide und Friederike hinterher.

Es stellte sich heraus, daß dem kleinen Jungen nicht allzu viel geschehen war. Natürlich hatte er Brandwunden im Gesicht und an den Händen, und sein blonder Schopf war vorn und an einer Seite leicht angesengt. Er hörte gerade auf zu wimmern, während der Arzt den Verband beendete. Es war ein nicht mehr junger, grauköpfiger, gutmütig aussehender Landarzt, bei aller Resolutheit freundlich.
»So, junger Mann, bis zum Heiligen Abend ist das Schlimmste verheilt«, brummte er. »Ja, Messer, Gabel, Scher' und Licht... vor allem letzteres –«
»Nichts Gefährliches?« fragte Conrad. Der Arzt schüttelte den Kopf.
»Gerade noch gut gegangen. Bringen Sie ihn heim?« Er sah die Nonne an, die den kleinen Patienten an der Hand nahm, trocknete sich die Hände ab

und öffnete ihr die Flurtür. »Die Kirche brennt nicht? Es ist doch dort passiert, oder?«
»Ja. Besser, wir gehen nochmal nachschauen«, sagte Conrad. Sie überschritten den Vorplatz und traten ein. Die Nachricht, das beinahe etwas Ernstliches passiert wäre, hatte sich, wie das fast immer der Fall ist, sofort herumgesprochen, der Kirchendiener war da, mehrere Bauern, ein paar junge Männer.
»Genug Leute, um Ordnung zu schaffen«, sagte der Doktor und drehte um, »gut, daß Sie so beherzt waren. Wenn das Stroh des Daches Feuer gefangen hätte...«
»Die ganze Krippe wäre verbrannt«, sagte Heide, »die schönen alten Figuren, es wäre nicht auszudenken!«
»Ja, Gottlob, daß es nicht so weit kam. Mit dem Stroh ist es immer so eine Sache, ich hab's oft gesagt.«
Sie verabschiedeten sich. Jetzt erst merkte Friederike, daß es tatsächlich dämmerte. Sie vesuchte die Kirchenuhr zu erkennen. »O Conrad, so spät!«
»Sie wollen noch nach Leipzig zurück?« fragte der Arzt.
Conrad bejahte. »Wir müssen.«
»Zu Fuß? Da können sie ganz schön marschieren.«
»Ach was, uns macht es nichts, wenn es Nacht wird«, sagte Heide, »wir haben ganz andere Sachen erlebt.«
»Aber ich –« Friederike sprach nicht weiter. Ihr Ge-

sicht spiegelte ihre Gedanken wider, sie hatte die Hände ineinandergekrampft. Wie würden die Eltern sich sorgen, die sowieso bedrückt und mutlos waren in dieser dunklen Zeit! ›Vater verträgt keine Aufregungen, die Sorge um unser weiteres Leben nimmt seine ganze Kraft‹, hatte Mutter oft gesagt. ›Wir müssen ihn hüten und schonen.‹

Und nun dies! Außerdem würde sie nie, nie wieder mit auf Fahrt dürfen, wenn sie heute spät heimkam.

»Hören Sie, ich weiß zufällig, daß unser Gutsherr Besuch hat«, sagte in diesem Augenblick der Arzt zu Conrad, an seiner Haustür stehen bleibend, »den Liebertwolkwitzer, er ist im Pferdeschlitten hier. Ich war mit meiner Frau zum Kaffee drüben. Der fährt heim, ehe es dunkel ist, das weiß ich. Wollen Sie nicht mal fragen, ob er Sie bis dahin mitnimmt?«

»Im Pferdeschlitten?« fragte Heide vergnügt. »Das wäre ja schön!«

Es wäre nicht nur schön, es wäre die Rettung, seufzte es stumm in Friederikes Herzen, es wäre nicht vorstellbar, ein Wunder. »Gehst du fragen?« wagte sie zu Heide zu sagen, möglichst so, daß man ihre Aufregung und Spannung nicht merkte.

»Kommen Sie, Sie junge Feuerlöscherin, wir fragen gemeinsam!« lachte der Arzt und schob Heide vor sich her. »Der Liebertwolkwitzer sagt schon nicht nein, wenn eine schöne Frau bittet. Warum sollte er auch!«

Es wurde Wahrheit. Ein Wunder, ein Weihnachtswunder, wahrhaftig! Eine Viertelstunde später saßen sie beide, Heide und Friederike, neben dem Liebertwolkwitzer Gutsherrn im Schlitten, gut zugedeckt, und Conrad auf dem Bock neben dem Kutscher. Friederike, das Stadtkind, konnte es nicht fassen, daß sie hier über die verschneite Landstraße glitt, in immerwährendem Trab, in die wachsende Dämmerung hinein, und nun nicht zu spät nach Hause kommen würde. Die Weihnachtskirche mit dem goldenen Schein der Kerzen, der kleine, strohgedeckte Stall, das Singen der Kinder; die Angst und die Erlösung, daß nichts Ernstliches passiert war, mischten sich in ihrem Herzen zu einem unvergeßlichen Ereignis, das ihr niemand glauben würde, niemand – sie beschloß, nicht davon zu erzählen. Es sollte ihr gehören, ihr, Heide, und natürlich Conrad. Er hilft, wie er geholfen, ging es ihr durch den Sinn. Sie wußte nicht, aus welchem Kirchenlied diese Zeile stammte, sie saß nur, war dankbar und sagte kein Wort.

Heide dagegen unterhielt sich vergnügt mit dem Gutsherrn, lachte und ließ es sich nicht nehmen, wenn die Pferde einmal in Schritt fielen, abzuspringen und sich auf den hinten angebundenen Rodelschlitten zu setzen. »Sie werden auf die Nase fallen!« prophezeite der Gutsherr, hatte aber seinen Spaß an ihr. Und dann, kurz ehe sie ankamen, meinte Heide, sie wollten ihm noch ein Lied singen. »Wünschen Sie sich eins, wir können alles«, erklärte sie freigiebig.

»Nana!« lachte der Gutsherr, überlegte und rückte schließlich nach einigem Überlegen heraus mit:
Was soll das bedeuten, es taget ja schon . . .
»Hach, gewonnen! Können wir!« lachte Heide, und Friederike verstand wieder einmal, wie es zuging, daß ihr alle Herzen zuflogen. Und nun sangen sie es zweistimmig, die beiden Mädchen die erste, Conrad und der Gutsherr die zweite Stimme.
»Ich habe nämlich auch Kinder, die gern singen«, sagte er hinterher vergnügt.
In Liebertwolkwitz verabschiedeten sie sich. Ein Blick auf die Uhr zeigte, daß sie noch gut Zeit hatten, die letzte Strecke zu bewältigen. Conrad bedankte sich für sie drei, und Friederike machte einen tiefen Knicks, als sie sich verabschiedete.
»Wandervögel machen keinen Knicks, sie sagen Dankeschön und fertig«, belehrte sie Heide, »na, schadet nichts. Nur daß du es für ein andermal weißt.«
Ein andermal? Sowas werde ich nie wieder erleben, dachte Friederike, während sie dahinmarschierten. Es war nicht mehr weit bis zur Pappel, der Weg nicht zu verfehlen. Abwechselnd saß eines der Mädchen auf dem Schlitten, während die beiden andern zogen, dabei gab es Gelächter und Neckerei. Sie waren alle drei von jenem lachlustigen Übermut erfüllt, der auf überstandene Gefahren folgt. An der Pappel verabschiedete sich Heide.
»Das war eine schöne Fahrt«, seufzte Friederike, als sie, nun allein, neben Conrad herstapfte. Conrad

zog den Schlitten, während er den andern Arm unter ihren geschoben hatte.
»Ja, wunderschön. Und wirklich ein Erlebnis«, sagte Conrad. »Und deine Heide ist nicht nur nett, sondern eine tüchtige Person, wahrhaftig! Die hat zugegriffen, als es darauf ankam. Du übrigens auch«, setzte er hinzu. Friederike weitete sich das Herz.
»Nicht wahr? Heide ist ein Prachtstück.«
»Ist sie. Frieder, du wollen wir bei dir zu Hause von dem allen erzählen oder lieber nicht?« fragte er vorsichtig. Er hatte wohl verstanden, wie ihr zumute war.
»Nein! Kein Wort«, sagte Friederike. »Sonst darf ich bestimmt nie wieder mit.«
»Es kommt eine Zeit, da wirst du dürfen«, sagte Conrad halblaut.
»Aber heute ist alles gut gegangen. Wir kommen zur Zeit heim, eine halbe Stunde später vielleicht, als deine Eltern dachten, aber ich –«
»Du kommst doch mit rauf?« fragte Friederike flehend. Er nickte.
»Natürlich. Ich bleibe bei dir.«
Ich bleibe bei dir, hatte er gesagt. Es war wie ein Traum. Zu Hause aber erlebten sie noch eine Überraschung.
Als sie läuteten, machte Jörg ihnen auf, nicht Mutter. »Da seid ihr, schöne Grüße. Vater und Mutter sind noch einen Sprung zu Grünwalds gegangen, Abendbrot steht im Rohr. Um neun sind sie zu-

rück«, richtete er aus, kurz und gleichgültig, wie Brüder sind. Nun fiel der letzte Stein von Friederikes Herzen. Die Eltern gingen abends fast nie aus – sicher hatte Mutter sich das ausgedacht, um Vater die Aufregung zu ersparen. Heiße Dankbarkeit erfüllte Friederikes Herz.

Und so gab es eine fröhliche Begrüßung, als die Eltern bald darauf eintrafen. Vater setzte sich ans Klavier, und sie sangen. Mutter hatte die Adventskerzen angezündet. Sogar Jörg brummte mit. Friedrike sah in den Schein der Kerzen und sang oder schwieg. Sie hatte das Gefühl, als sei ihr Herz randvoll vom Erlebten, so voll, daß nichts mehr Platz darin hatte. Eine große, warme, schützende Hand hatte sich um sie gelegt, sie fühlte sie beinah körperlich. Dem kleinen blonden Jungen war nichts Ernstliches geschehen, die Krippe nicht abgebrannt, ein liebliches Wunder hatte sie zur Zeit heimgebracht, und Conrad hatte gesagt: Ich bleibe bei dir. Gab es etwas, was ihr noch drohen könnte?

An diesem Abend, als Friederike Conrad, nachdem er sich von den Eltern verabschiedet hatte, die zwei Treppen hinunter begleitete, um ihm die Haustür aufzuschließen, fragte er sie, ob sie auf ihn warten wolle. Wie lange, vermochte er nicht zu sagen. Er liebe sie und würde nie ein anderes Mädchen so lieben. Die Zukunft war dunkel, undurchschaubar, drohend. Seine Liebe zu ihr aber leuchtete darin unauslöschlich, golden. Würde sie warten?

Friederike sagte Ja. Dies geschah am fünfzehnten

Dezember des Jahres neunzehnhundertdreiundzwanzig. Sechs Jahre später heirateten sie. Es wurde eine glückliche, erfüllte, eine gottgesegnete Ehe. Nach fünfundzwanzig Jahren kann man das wohl beurteilen.

»Nun, Kind? Fertig mit der Geschichte unserer Liebe?«

Nina hob den Kopf. Großmutter war eingetreten, frisch, resolut, mit feiertäglich strahlenden Augen.

»Ich mache Schluß mit meiner Steuer, hatte sowieso nur dieses Buch im Sinn, weil ich wußte, du liest es. Bist du wieder in der Gegenwart oder noch in Thekla oder Liebertwolkwitz?«

»Großmama!« Nina versuchte, sich zurechtzufinden. Ihr war, als tauche sie aus einem Traum auf.

»Ach Kind, ich kann dich verstehen. Das waren Zeiten ... Aber auch das größte Dunkel geht vorüber. Und es führte uns ins Helle, gemeinsam. Wir haben viele schöne Jahre miteinander verleben dürfen, keine sorglosen, keine leichten, aber gemeinsame und erfüllte. Wenn wir damals geahnt hätten, wieviel Gutes in einem Leben stecken kann, auch wenn es Sorgen und Tränen, Ängste und Abschiede enthält ...«

»Es war ja ein gemeinsames«, sagte Nina leise.

»Ja. Und da läßt sich vieles durchstehen, Kind. Dein Großvater war ein wunderbarer Mensch, es hat sich gelohnt, so lange auf ihn zu warten. Ich muß es geahnt haben, so jung und dumm ich war ...«

»Großmutter –« Nina stockte.
»Ja? Wolltest du was fragen?«
»Darf ich? – Meinst du nun, wir müßten auch –«
»Sechs Jahre warten, bis ihr heiratet? Meinst du, ich hätte dir das Buch deshalb gegeben? O Kind, wahrhaftig nicht. So ist es nicht gemeint«, sagte die alte Dame. »Aber –«
»Aber – ich bin ja auch nicht mehr fünfzehn wie du damals warst, Großmutter, klar«, sagte Nina. »Und Warten ist unmodern. Kein Mensch wartet mehr. Jetzt ist das Leben, heute, in diesem Augenblick. Damals waren andere Zeiten.«
»Freilich waren es andere. Aber glaubst du, daß auch die Menschen so anders waren?«
»Jede Zeit prägt den jeweiligen Menschen. Jeder ist ein Kind seiner Zeit«, sagte Nina schnell. Es klang, als wollte sie jeden Widerspruch im Keim ersticken. »Es gab Zeiten, da suchte der Vater der Tochter den Mann aus, sie kannte ihn kaum, sie hatte sich zu fügen und tat das auch. Solche Zeiten waren bestimmt nicht erfreulich für die Frauen, und ich bin froh, nicht damals gelebt zu haben.«
»Sicherlich. Das aber waren unsere Zeiten nicht mehr. Wenn wir schon ein bißchen in der Vergangenheit kramen, wollen wir auch die richtige Schublade aufziehen und nicht alles durcheinanderwerfen, Kind. Ebensowenig wie man zu meiner Zeit in langen, engen Röcken umhertrippelte, Badeanzüge mit Pumphosen trug und kein Familienbad kannte, ebensowenig warteten wir, am Fenster

sitzend und an Lochstickerei stichelnd, auf den Märchenprinzen, den uns der Vater aussuchte und zuführte. Wir hatten einen Beruf, machten das Sportabzeichen, kümmerten uns um Politik und hatten den festen Willen, die Welt in Ordnung zu bringen. Den Willen hat übrigens jede Generation, nur jede versucht es auf andere Weise. Auslandsreisen, wie die heutige Generation es kann, machten wir nicht, aber in der Welt umgesehen haben wir uns, so weit es in unserer Macht stand. Glaube es mir. Und Berufe lernten wir wie ihr, ehe wir heirateten, denn was sollte aus uns werden, wenn wir ledig blieben? Oder wenn wir ohne Mann mit Kindern zurückblieben? Nur hatten wir es im Beruf wesentlich schwerer als ihr, damals gab es nicht viele Möglichkeiten, Geld zu verdienen, denn das ganze Land war arm, es gab viele Arbeitslose, und wer eine Stellung hatte, sie mochte noch so schlecht und der Chef noch so launenhaft und ungerecht sein, er mußte sie halten. Urlaub und Urlaubsgeld, Lehrlingsrechte, das alles gab es kaum, wir wurden weidlich ausgenützt, das kann ich dir sagen, und der Spruch, daß Lehrjahre keine Herrenjahre sind, stand sozusagen leuchtend über unserm Leben. Nun, wir haben es überstanden. Aber es gab auch Dinge, Nina.«

»Du sagst, Warten sei unmodern. In vieler Beziehung hast du recht damit, vor allem mit dem zweiten Satz. Das Leben ist heute, richtig und gut. Und Menschen, die immer nur auf das Morgen warten, verpassen die Hälfte des Lebens. Aber – Warten ist nicht nur dasitzen und auf Morgen hoffen, das Heute nicht erleben. Wir haben es ausprobiert, wir, die Generation deines Großvaters und meine. Deshalb kann ich da mitreden, ein bißchen jedenfalls. Vieles, was wir erlebten, erlebt ihr nicht – eben, weil ihr das Warten nicht kennt und nicht kennen wollt. Soll ich dir ein bißchen davon erzählen oder mußt du fort?«

»Ich habe Zeit, Großmama«, sagte Nina schnell. »Dafür immer! Bitte erzähle!«

Die alte Dame schob ihr die Zigaretten hin.

»Komm, rauch noch eine, es ist so heimelig, ich rieche es gern. Dein Großvater rauchte auch. Mit Maßen, natürlich, denn jede Zigarette kostete Geld. Wir hatten keins oder nur das allernotwendigste. Eine Zeitlang hatte ich eine ganz gute Stellung in Süddeutschland, und er arbeitete in Halle. Wir sparten und sparten, um uns jedes halbe Jahr einmal sehen zu können. Nina, ich habe die Tage gezählt wie ein Kind, das die Fensterchen des Adventskalenders aufmacht. Ich habe gehungert und mich gesehnt ... Andern ging es ähnlich. Eine Freundin von mir war mit einem Forststudenten verlobt, heimlich verlobt natürlich, so wie wir. Es durfte ja niemand wissen, es galt als unverantwortlich, ein Mädchen an sich zu binden, ehe man fertig war mit der Berufsausbildung. Und in mancher Beziehung war das auch ganz richtig. Manche Paare warteten so lange aufeinander, bis alle Liebe und Zuneigung gestorben war und man entweder die Ehe widerwillig schloß, weil einer eben dem andern versprochen hatte, sie einzugehen, oder auseinanderging und die schönsten Jahre vertan waren. So etwas gab es auch, häufig. Nein, meine Freundin und ihr Verlobter haben sich schon noch gefunden, und es wurde eine gute Ehe wie unsere. Dieser Mann war so arm, daß er immer, wenn er ihr schreiben wollte, und wer will einander nicht schreiben, wenn er verliebt und verlobt ist, eine Kreuzotter totschlagen mußte. Dafür gab es fünfundzwanzig Pfennige Prämie, und die brachten das Porto für zwei Briefe. Ungefähr so, nicht ganz so hart, ging es uns. Einmal trafen wir uns in Nürnberg, für einen Sonntag, um die Adventszeit. Wir liebten beide diese Zeit sehr, wahrscheinlich, weil wir einander damals gefunden haben, vielleicht auch, weil es eben eine Zeit der Verheißung und Hoffnung ist, und das fühlten wir beide.

Ich hatte mir genau ausgerechnet, was die Fahrkarte kosten würde, und das Geld beiseite gelegt. Nun aber wollte ich ihm ja auch etwas mitbringen. Einen Tannenzweig, selbst im Wald zwischen Tübingen und Reutlingen gepflückt, eine Kerze, eine vergoldete Nuß. Da ich mich natürlich auch so hübsch wie möglich machen wollte, hatte ich ein paar Auslagen, die nicht einkalkuliert waren, leistete mir eine Hautcreme, um ihm ja zu gefallen. Ich arbeitete damals acht Stunden und mußte nebenei noch einen Job haben, um Zimmer und Leben zu ermöglichen.

Zu einer neuen Bluse reichte es nicht, ich borgte mir eine von einer Kollegin. Aber als ich einen schönen Schlips sah, der ihm bestimmt gefallen würde, kaufte ich ihn, mich selbst und alle Bedenken überrumpelnd, und hatte nun sehr schöne Geschenke, aber o weh! Nun reichte das gesparte Fahrgeld doch nicht, als ich die Fahrkarte löste, ich hatte mich um zwanzig Pfennig verrechnet. Du kannst dir mein Entsetzen nicht vorstellen, als der Schalterbeamte die Summe nannte, gleichmütig und geschäftsmäßig, und ich wußte, zwanzig Pfennig fehlten!«
»Was hast du gemacht, Großmama?« fragte Nina, gespannt, als läse sie einen Krimi und wäre kurz vor der Entlarvung des Bösewichts angelangt. Die alte Dame lachte.
»Ich hatte wieder mal Glück. Immer hatte ich im letzten Augenblick Glück – so wie damals mit dem Zweispänner aus Liebertwolkwitz, der für uns die versäumte Zeit wieder einholte. Es glückte mir doch, die Fahrkarte zu bezahlen. Im zweiten Fach meines Geldbeutels steckte nämlich noch eine Zwanzig-Pfennig-Briefmarke, und der gutmütige Beamte, der mein fassungsloses Entsetzen wohl gemerkt haben muß, nahm sie freundlich als Bezahlung an.
Dieser Moment, Nina, als wir uns trafen! Diese unbeschreibliche Seligkeit, neben ihm herzugehen im Trubel des Bahnhofsverkehrs, taumelig vor Glück und auch vor Hunger, denn ich hatte nur zwei trokkene Brötchen mitnehmen können, und die waren

schon in der ersten Viertelstunde der Bahnfahrt verspeist worden, matt vor Entspannung. Er hatte mich untergefaßt, so wie damals, als wir in Nebel und nasser Kälte von seiner Studentenbude aus nach Hause gingen, und ich meinte, wenn mir das Leben nichts anderes Schönes mehr schenken würde als dieses Miteinandergehen, dann hätte es schon gelohnt.

Ja, unsere Treffen, wenige waren es in sechs Jahren, aber wunderbar waren sie, das kannst du glauben. Nürnberg ist eine schöne Stadt, sie war damals noch unzerstört, ist inzwischen nach den alten Bildern wieder im alten Stil aufgebaut. Ich war vor einiger Zeit dort, es war für mich gleichermaßen schön und wehmütig, allein dort zu gehen, wo wir damals zu zweit gingen. Golden angestrahlte Kirchen, Schnee auf den Dächern, geschäftig umherlaufende Käufer, und das Gasthaus, in dem wir damals Kaffee getrunken hatten, steht auch noch. Lauter Weißt-du-nochs.

Und die Briefe! Für das Porto reichte es immer, ich besinne mich nicht, daß ich es jemals nicht hatte, um ihm zu schreiben. Wenn ich aus dem Dienst kam – ich war Schreibkraft in einem kleinen Verlag in Tübingen –, spähte ich immer nach Post aus. Meine Wirtin pflegte die Briefe auf die Treppe zu legen, ich wohnte unterm Dach, kalt, spartanisch, kümmerlich – billig vor allem. Wenn dann am Samstag ein Brief dort lag, der Brief...

Und wenn ich selbst schrieb. Sagen konnte ich nicht

viel, schreiben gelang mir eher. Ein Brief von sechs Seiten kostete nicht mehr an Porto wie einer von zweien, wenn man dünnes Papier nahm. Was habe ich ihm da geschrieben. Er hat die Briefe alle aufgehoben, erst auf der Flucht gingen sie verloren. Seine habe ich mitgenommen, damals, als man sich entscheiden mußte: was ist das allerwichtigste von dem, was mitgenommen werden will. Unser Familiensilber ließ ich liegen, aber die Briefe habe ich mitgenommen, und wie froh bin ich, sie noch zu besitzen. Da kann ich, wenn ich Zeit und Lust dazu habe, Reisen in die Vergangenheit, in die besonnte Vergangenheit machen.

Ja, warten ist nicht nur schwer, sondern auch schön. Warten, sich nacheinander sehnen, sich dies schreiben, und sich manchmal auch treffen. Selige Zeit. Und dann wurde es lichter, dann konnte man anfangen, für wahr zu halten, was bis dahin ein kaum zu verwirklichender Traum war. Wir sprachen mit den Eltern, wir setzten einen Termin an. Und dann heirateten wir und gehörten nun vor Gott und der Welt zusammen. Nina, auch damals glaubte ich, ich sei zu klein, um dieses Glück, diese Seligkeit fassen zu können. Und als sich dann unser erstes Kind ankündigte... Das Leben ist lebenswert, Nina. Wenn andere dir anderes sagen, dann glaube ihnen nicht. Es ist wert, gelebt zu werden, das schließt jedoch nicht aus, daß es oft schwer ist, unsere Generation hat das wahrhaftig deutlich zu spüren bekommen. Was wir erleben und durch-

stehen mußten, kann man sich heute kaum noch vorstellen.
Aber es ist auch schön. Zu zweit, dann mit den Kindern, und schließlich mit euch, den Enkeln. Glaube mir, Nina, ich habe alles Glück der Erde erlebt und werde nie dankbar genug dafür sein können. Und nun bist du an der Reihe, Kind.
Du bist zu mir gekommen und wolltest wissen, wie es damals war. Damals, als wir uns fanden, Großvater und ich. Großvaters Büchlein hast du gelesen, und ich selbst konnte dir noch ein paar Ergänzungen dazu bringen. Ratschläge kann ich dir keine geben. Was für uns vielleicht richtig war, kann für euch verkehrt sein. Du bist erwachsen, sprich mit deinen Eltern, laß sie wissen, was dich bedrückt und was du ersehnst. Mich hast du ja auch gefragt. Ist es so schwierig und mühsam mit der nächsten Generation? Sie hat ihre Schwierigkeiten gehabt wie ihr eure und wir unsere, aber auch das Glück der Erfüllung.
Ich wünsche euch das auch, dir und dem Deinen. Ob bald oder später, das liegt in eurer Hand. Ihr müßt es selbst entscheiden. Aber wenn dunkle Zeiten kommen – sie werden nicht ausbleiben. Nina, sie kommen in jedem Leben –, dann vergiß nicht und glaube dran, daß irgendwann wieder ein Licht aufgehen wird. Wie deinem Großvater damals im Winter neunzehnhundertdreiundzwanzig, ein kleines Licht im Dunkeln ...«

350 000 verkaufte Bücher von Lise Gast im Eugen Salzer-Verlag sprechen für sich

Besuch am Heiligabend

80 S., Pbd., Salzers Kleine Reihe 107

Wunder im Schnee

80 S., Pbd., Salzers Kleine Reihe 61

Eine Liebe im Advent

80 S., Pbd., Salzers Kleine Reihe 253

Um eine vorweihnachtliche Liebesgeschichte ranken sich die Erlebnisse der pferdeverrückten Lisa.

Die unsichtbaren Fäden

Roman, *232 S., Leinen*

Der evangelische Pfarrer Richard und seine Frau Bess haben drei fast erwachsene Söhne. Als eine verwitwete Freundin bei einem Autounfall ums Leben kommt, nehmen sie auch deren drei Kinder in ihr Heim auf. Mit Einfühlsamkeit und Wärme nimmt sich die Autorin der Probleme und Freuden an.

Die Himmelsbräute

Erinnerungen an einen Sommer in Dresden

88 S., Pbd., Salzers Kleine Reihe 220/221

Dresden in den dreißiger Jahren, kultureller Mittelpunkt Sachsens, ist der Schauplatz der heiteren Erlebnisse von Lise Gast und ihrer Freundin BB.

Heimat hinter Grenzen

104 S., Pbd., Salzers Kleine Reihe 187/188

Lebendig und zwanglos schildert Lise Gast die Widersprüchlichkeit der Gefühle, das Vergleichen der Wirklichkeit mit den Erinnerungen, die Freude und Wehmut beim Wiedersehen altvertrauter Stätten.

Jeder Tag ist neu

80 S., Illustrationen, Pbd., Salzers Kleine Reihe 125

Ein Tag auf dem Ponyhof mit Arbeit in Fülle.

Mit Büchern unterwegs

80 S., Pbd., Salzers Kleine Reihe 204

Was Lise Gast bei ihren Lesungen erlebt und wie sie mit manchen Schwierigkeiten fertig wird, ohne je die gute Laune zu verlieren, wird in diesem Buch lebendig und wirklichkeitsnah geschildert.

Ritt in den Morgen

87 S., Pbd., Salzers Kleine Reihe 104

Ein Ausflug zu Pferde durch die sommerliche Rheinpfalz nimmt für die junge Kari ein unerwartetes Ende.

Weil wir uns lieben

80 S., Pbd., Salzers Kleine Reihe 147

Heitere Ehegeschichten um eine seit vielen Jahren glücklich verheiratete Frau, die ihre Jugendliebe wiedersieht.